ボスの愛人候補

ミランダ・リー 作
加納三由季 訳

ハーレクイン・ロマンス
東京・ロンドン・トロント・パリ・ニューヨーク・アムステルダム
ハンブルク・ストックホルム・ミラノ・シドニー・マドリッド・ワルシャワ
ブダペスト・リオデジャネイロ・ルクセンブルク・フリブール・ムンバイ

A MAN WITHOUT MERCY

by Miranda Lee

Published by Harlequin Japan, a Division of K.K. HarperCollins Japan, 2025

ミランダ・リー

オーストラリアの田舎町に生まれ育つ。全寮制の学校を出て、クラシック音楽の勉強をしたのち、シドニーに移った。幸せな結婚をして3人の娘に恵まれ、家事をこなす合間に小説を書き始めた。テンポのよいセクシーな描写で、現実にありそうな物語を書いて人気を博した。実姉で同じロマンス作家のエマ・ダーシーの逝去から約1年後の2021年11月、この世を去った。

主要登場人物

ビビアン・スワン……………インテリアデザイナー。
マリオン・ハーバース………ビビアンの友人。
ダリル……………………………ビビアンの元婚約者。
コートニー・エリソン………ダリルの新しい婚約者。
フランク・エリソン…………コートニーの父親。
ジャック・ストーン…………ストーン建設会社の社長。
エレノア・ストーン…………ジャックの母親。

1

「なぜビビアンに頼めない？」ジャック・ストーンは尋ねた。「いつも任せてきたのに」

　ナイジェルはため息をこらえた。いちばんの得意客を失望させたくはないが、しかたない。「申し訳ない、ジャック。だが、ミス・スワンは昨日づけで〈クラシックデザイン〉を退社したんだ」

　ジャックは驚いて後ろにのけぞった。「彼女をくびにしたのか？」

　ナイジェルが心外な顔をした。「まさか。うちの最高のデザイナーなのに」残念そうに答えた。「辞めると言ったのはビビアンからだよ」

　ジャックは動揺を隠せなかった。三件の建設プロジェクトで一緒に働いてきたのに、ビビアンをよく知らなかったとは。彼女は無駄な話はいっさいせずに仕事に集中できる、すばらしい才能の持ち主だ。なぜインテリアデザイナーとして起業しないのかときくと、ストレスをかかえたくないのと結婚を控えているからだと彼女は答えた。仕事づけの日々は終わりにしたいとも言われたが、ジャックは信じていなかったのだ……昨日までは。

　退職者用住宅の開発によさそうな土地をさがして、ポートステファンズを車でまわっていたとき、ジャックはある物件にすっかり惚れこんだ。本来なら気に入るはずもない巨大な屋敷は、そもそも平らな土地どころか丘のてっぺんにあった。そのうえ見たこともないほど独特で、フランセスコ・フォリーという変わった名前がついていた。

　時間の無駄とわかっていても中が見たくて、ジャックは屋敷に入り、湾を見おろすバルコニーの一つに出た。そのとたん、この屋敷がどうしても欲しくなり、買うだけでなく住みたいと思った。ポートステファンズはシドニーから北へ車でたっぷり三時間はかかるのに、ばかげた話だ。今の住まいはシドニーの中心にある寝室が三つ備わった高級アパートメントで、ジャックが経営する建設会社の本社も同じ建物内にある。

フランセスコ・フォリーは便利とはとても呼べないうえに、恐ろしく広かった。寝室が八つと浴室が六つ、それに屋内と屋外にプールがあり、豪華さではハリウッドの豪邸も色あせるほどだ。

結婚するつもりもなく、家で一人の時間を過ごすのが楽しいわけでもない。無用の長物とわかっているくせにどうしても屋敷を欲しいと思っている自分に、ジャックはこう言い訳した。そろそろ、僕もゆったりした生活を送ってもいいころだ。この二十年間、我が身に鞭打ち週に六日、ときには休まず働いて、何百万ドルもの財を築いた。一度くらい、こういう贅沢をしてもいいだろう。休日だけ来てもいいし、家族も使える。

夢のような屋敷でうれしそうに過ごすみんなの顔を思い浮かべつつ、ジャックはついさっき仮契約書にサインをして、フランセスコ・フォリーを買う段取りをつけたばかりだった。相場より安かったのは、家主が亡くなった物件ということもあるが、内装がひどく傷んでいたせいだろう。そこで、自分の好みがよくわかっている優秀なインテリアデザイナーを思い出した。ところが頼りのビビアン・スワンには仕事を頼めないと聞いて、がっかりしたのだった。

だが、本当にそうだろうか？「どこのどいつが彼女を引き抜いたんだ？」まだ雇うチャンスはあるかもしれない。

「誰でもないよ」ナイジェルが答えた。

「なぜわかる？」

「本人に聞いたから。なあ、ジャック、ビビアンは具合がよくないんだ。仕事はしばらく休むらしい」

ジャックは驚いた。「どういう意味だ、具合が悪いって？　どこが？」

「君になら話してもかまわないかな。どうせみんなが知っていることだし」

ジャックは眉をひそめた。意味がわからない。

ナイジェルも顔を曇らせた。「そのようすじゃ、日曜版のゴシップ記事や写真を見ていないのか」

「興味ないからな」不動産広告に目を通すことはあるが、昨日は忙しくて新聞を見なかった。「なにが書いてあったんだ？　ビビアンがそんな記事のネタになるなんて、想像もできないが」

「彼女じゃなく、別れた婚約者がだよ」

「婚約者と……別れた？　いったいいつ？　何週間か前に会ったときは、そんなそぶりはなかったぞ」

「一カ月前、ほかに好きな人ができたと言って、ダリルが婚約を破棄したんだ。かわいそうに、ビビアンはそれでも気丈にふるまっていた。婚約中に浮気をしたわけじゃないとやつは言い訳したんだろうが、昨日の新聞を見れば嘘だとわかる」

「おい、ナイジェル、いったいどんな記事なんだ？」

「ダリルがビビアンを捨てて選んだ女というのがただ者じゃない。コートニー・エリソンだったんだ。あのフランク・エリソンのどうしようもないわがまま娘さ。港が見えるエリソン邸を建てたのは君で、内装はビビアンが手がけただろう？　二人が知り合ったのはその縁かな。ともかく、昨日の新聞に婚約発表の写真が載っていて、コートニーが卵みたいなダイヤの指輪を見せびらかしていたよ。しかも大きなおなかを突き出して。つまり、ダリルはビビアンと婚約中に、コートニーと深い仲にあったってわけだ。もちろん、ダリルに最近まで別の婚約者がいたなんて話は、パパがもみ消したんだろうな。鉱山業で巨万の富を築いた彼なら、マスコミにも顔がきく。ビビアンもひどく傷ついたらしく、昨日は電話で泣いていたよ。あんな彼女は初めてだ」

まったくだ、とジャックも思った。冷静沈着なビビアンに涙は似合わないが、誰にでも限界はある。こんなことなら、フランク・エリソンに彼女を紹介しなければよかった。しかし、エリソン家の尻軽娘がビビアンの婚約者を狙うとは、いったい誰が予想できただろう？

それにしても……コートニー・エリソンのような女の餌食になる男がこの世にいて、そいつがビビアンの元婚約者だとは。

ダリルとは去年、〈クラシックデザイン〉のクリスマスパーティで会ったが、どんな男なのかは一目見ればわかった。映画スター並みの美形で、口がうまく、よく笑い、しょっちゅう相手の体に触れ、婚約者を〝ベイビー〟と呼ぶような男が好みの女は、彼を魅力的と思うだろう。結婚を望むくらいだから、ビビアンもその一人だったのだ。

くだらない男に心を奪われたビビアンの不運を思うと心が痛む。だが彼女もいつか、不実なダリルとみじめな人生を過ごさずにすんでよかったと気づくはずだ。つらいだろうが、落胆のあまりなにもしないのはよくない。才能に恵まれ、自分を輝かせるものがあるビビアンには仕事が必要だ。

「そうか」ジャックはひらめいた。「ナイジェル、彼女の住所はわかるかな？　花でも送ろうかと思って」詮索される前にそれらしい理由を添える。

しばらくジャックを見つめていたナイジェルは、ファイルを取り出して住所をメモした。「あまり感心しないな」ジャックにメモを差し出しながら言う。

「なにがだ？」ジャックはとぼけた顔をした。

ナイジェルは苦笑した。「よせよ、ジャック。花を送るだって？　どうせ家に押しかけて彼女を説得するつもりだろう。なにを頼みたいんだい？　また退職者用の住宅でも開発するのか？」

「いいや」答えながらも、ジャックはフランセスコ・フォリーニと過ごす幸せを思った。仕事を辞められる日がくれば、の話だが。「僕個人が家を買ったから、内装を頼もうと思っているだけだ。それに、ビビアンは忙しくしているほうがいいんだよ」

「彼女は傷ついている」ナイジェルは忠告した。

「誰もが君のように強くはないんだ、ジャック」

「男が思うより、女はタフだぞ」ジャックは立ちあがった。

大きな手と握手したナイジェルは、ひるみそうになるのをこらえた。ジャックは力加減というものを知らず、女性についても自分で思うより理解していないから、いくら頼んでもビビアンは依頼を引き受けないだろう。仕事ができる状態ではないし、ストーン建設会社の社長であるジャックをあまりよく思っていないのがその理由だ……。ジャック本人は気づいていないらしいが。

中毒と言ってもいいほどの仕事ぶりと完璧をめざす姿勢には感心するものの、ジャックと一緒に働くのは大変だ、とビビアンから聞いたことがある。しかも、ジャックが払う高い報酬に彼女はあまり興味がない。二年前に亡くなった母親の、じゅうぶんすぎるほどの遺産があるからだ。

「本当に花を届けるつもりなら」ナイジェルはドアから出ていこうとするジャックに声をかけた。「赤い薔薇はやめておけ。そうすれば……少しはチャンスがあるかもしれない」

それでも、ビビアンを説得するのは無理だろう、とナイジェルは思った。

2

ビビアンの住所はわかりやすく、〈クラシックデザイン〉から車ですぐのニュートラルベイだった。だが花を売っている店をさがすのが大変で、花を選ぶのにも苦労した。そのせいで、やっとビビアンの住まいがある二階建ての赤煉瓦造りのアパートメントに着いたころには、ナイジェルと別れて一時間もたっていた。

　時間の浪費が嫌いなジャックは、不機嫌そうに黒のポルシェから出た。手には店員の勧めにやっと納得して買った、ピンクと白のカーネーションの花かごを持っている。

　秋のにわか雨に降られ、ジャックは急ぎ足で細い通路を抜けてアパートメントの小さなエントランスに入った。幸い、濡れたのは髪と肩が少しだけだ。

　ここにはオートロックがない、とジャックは髪を撫でつけながら思った。古い建物は州政府が開発した物件らしいが、状態はいい。真鍮のドアベルを押すと、扉の向こうでかすかに音が鳴ったが、誰も出てこなかった。ビビアンは留守なのか。携帯電話の番号なら登録してあるのだから、来る前に連絡しておけばよかった。ナイジェルの話を聞いて、そんなにつらい状態なら彼女は家にいるものと思いこんでいたのだ。

「ばかじゃないか」小声で自分をののしり、ジャックは携帯電話をポケットから出してビビアンの番号を表示させた。今にも発信しようとしたとき、ドアの重い鍵がまわる。だがドアを開けたのはビビアンではなく、ショートカットのブロンドにやさしげな顔をした、ふくよかな中年の女性だった。

「はい」女性が言った。「なにかご用かしら？」

「ええ」ジャックは携帯電話をジーンズのポケットにしまった。「ビビアンはいますか？」

「いるけれど……今、お風呂なの。そのお花は彼女に？　私が預かりましょうか？」

「できれば直接渡したいのですが」

彼女が眉をひそめた。「あなたは？」

「僕はジャック。ジャック・ストーンです。ビビアンには何度か仕事を頼んだことがあって」

「ああ、あなたがミスター・ストーンなのね。ビビアンから話は聞いているわ」

女性の冷たい言い方に、ジャックはひるんだ。ビビアンはどんな話をしていたのかという疑問がわいたが、すぐに打ち消す。「ところであなたは？」彼は問い返した。

「マリオン・ハーバースよ。二号室の」彼女は顎で隣のドアを示した。「ビビアンとは親しくしているの。ねえ、お花を持ってきたということは、彼女になにがあったか知っているのね？」

「実は今朝までなにも知らなくて。ビビアンに頼みたい仕事があって〈クラシックデザイン〉を訪ねたら、ナイジェルから事情を聞かされたんだ。で、彼女がどうしているか気になったものだから」

「やさしいのね」マリオンはそっとため息をついた。「お察しのとおり、ひどい状態よ。なにも食べないし、眠らないし、クリニックでもらった睡眠薬も効かないみたいで。あれほどひどい目にあったんだから、抗うつ剤が必要なんじゃないかしら」

ジャックは賛成できなかった。悩みがあるとすぐ薬に頼るのはよくない。

「マリオン、ビビアンにとっていちばんいいのは」彼はきっぱりと告げた。「忙しくしていることじゃないかな。だから会いに来たんだ。ぜひ頼みたい仕事があって」

幻でも見るようにジャックに目を凝らしたあと、マリオンが肩をすくめた。「頼んでみれば？　望みは薄いと思うけれど」

ジャックにはうまくいく自信があった。たしかに今のビビアンは動揺しているかもしれないが、すばらしい理性までは失われていないはずだ。よく説明すれば、合理的な話だとわかってくれるだろう。

「中で待ってもいいかな？」ジャックは尋ねた。「今日はどうしても彼女と二人で話したいんだ」

少し迷ったマリオンが腕時計を見た。「大丈夫じゃないかしら。私も仕事に行くまであと三十分はいられるし、ビビアンもすぐに出てくるでしょう」そう言って、彼女はジャックを笑顔で見あげた。「紅茶でもいかが？　それともコーヒーがいいかしら」

ジャックもほほえんだ。「紅茶をいただくよ」

「よかった。お花は持つから、ドアを閉めて」

マリオンに続いて、ジャックは狭い廊下を進んだ。

天井が高く、壁は白で、よく磨かれた床は胡桃色だ。左側には三つドアがあったが、その先のリビングルームがあまりに殺風景なので驚いた。いつもビビアンがモデルルームとして作ってくれる、洗練されていながら温かみのある空間とはまるで違う。

ジャックは信じられない思いで部屋を見まわした。彼女ならではの、繊細でやさしい味わいはどこにいったのだろう？　ここには色とりどりのクッションもなければ、上品なランプもない。装飾用のキャビネットも棚もなく、写真一枚飾られていない。ただ黒い革のソファが配置され、毛足の長いモノトーンのラグの上には、床と同じ色のどっしりとした木のテーブルが置かれているだけだ。

白い壁に一枚だけ飾られている黒い額には、赤いコートを着た少女が雨の降る町を一人で歩いている絵が入れられていた。価値のある作品なのだろうが、ジャックは好きになれなかった。赤を着ていても、少女はまるでこの部屋のように寒そうで寂しげだ。

ダリルが別れ際になにもかも持ち去ったのか、とジャックは思った。だからこんな部屋なのだ。根拠もないのに、そんな気がする。いや、誰かから聞かなかったか？　そうだ、あのクリスマスパーティのとき、ダリルから年が明けたらビビアンの家に引っ越すと聞いていた。彼が出ていく前には、もっと家具や絵があったに違いない。おかしな写真の一枚や二枚も飾ってあっただろう。

テレビはまだある、とジャックはソファの正面を見た。しかし、ふつうならキャビネットでも置いてありそうなテレビの下は空っぽだ。

マリオンはコーヒーテーブルに花かごを置き、ジャックをキッチンに案内した。コンパクトながら機能的なそこには最新の機器がそろっているうえに、四人用のテーブルまであり、リフォームしたのだろうとジャックは思った。カウンターとテーブルに使われている石材が、最近流行のものだからだ。色はもちろん白。この色とステンレスの組み合わせを、ビビアンはいつも提案した。だが必ず果物鉢や花瓶を置いたり、壁に少し色を加えて温かみを演出したりするのが彼女らしいやり方だった。

だがここにはその特徴がない。本当にビビアンの家だろうか？　ジャックは不思議に思った。ひょっとしたら借家なのかもしれない。

「このアパートメントはビビアンのものかな？」テーブルから白い革の背もたれがついた椅子を引き出しながら、彼は尋ねた。

紅茶をいれていたマリオンが振り返った。「そうよ。少し前に遺産をもらって買ったらしいわ。そして去年、なにもかも新しくしたの。私の趣味じゃないけれど、好みは人それぞれでしょう？　ビビアンは散らかった部屋が嫌いだから」

「そうらしいね」ジャックは答えた。

「紅茶と一緒にビスケットはいかが？」

「ありがとう」もうすぐ午後の一時なのに、十時に朝食をすませてからなにも食べていなかった。

「ミルクと砂糖は？」

「入れなくていいよ」

紅茶をいれたマグとクリームビスケットを運びながら、マリオンはあきれたようなため息をついた。

「それにしても、ビビアンはいつまでお風呂に入っているつもりかしら」

目を合わせたマリオンの顔が緊張の色をおび、ジャックの胸は締めつけられた。「ノックして、僕が来ていると知らせてみたらどうだろう？」

「そうするわ」マリオンが急いで出ていく。

磨かれた廊下を急ぐ足音と浴室のドアをノックする音、そして心配そうな声をジャックは聞いていた。

「ビビアン、そろそろ出られそう？　私、仕事に行かなくちゃ。それにあなたにはお客様が……ジャック・ストーンが会いに来ているのよ。ねえ、ビビアン、聞いているの？」

ノックの音は大きくなったが、ビビアンは答えない。ジャックは飛びあがるようにして立ち、リビングルームを出てすぐの、マリオンがいるドアの前に急いだ。

「返事がないのよ、ジャック」マリオンはあわてている。「鍵が閉まっているし。まさか、ばかなまねはしていないわよね？」

ジャックも不安に駆られ、ドアをたたいて、大声で呼びかけた。「ビビアン、ジャックだ。ジャック・ストーンだよ。ここを開けてくれないか？」

中からはなんの反応もない。

「嘘だろう」ジャックはつぶやき、ドアを調べた。合板ではなく無垢板だが、かなりの年代物だから白蟻に食われていることを祈るしかない。彼はマリオンを下がらせると、全力でドアに体あたりした。鍵は壊れ、ドアが蝶番からはずれる。

　浴室に倒れこみそうになったジャックは、なんとか体勢を立て直して状況を調べた。

　ビビアンは昏睡状態で倒れているわけでも、睡眠薬ののみすぎで浴槽に沈んでいるわけでもなかった。ちゃんと生きていて、しかも元気よく浴槽の中ではね起きた。ドアを打ち破られる音が、イヤホンをした耳にやっと届いたらしい。ショックのあまり金切り声をあげたビビアンは、口をあんぐりと開けたままジャックを見つめた。

　彼のほうはといえば、壊れたドアの前に立ちつくしていた。ビビアンがどうなったか、それだけが心配だったから、彼女が裸でいるだろうとは考えていなかった。ところが今はその裸体のことで頭がいっぱいで、見たこともないほど美しい胸から目が離せない。丸く張りのある白くなめらかなふくらみの真ん中では、くすんだピンクの先端がとがっている。

　ビビアンがこれほど見事な胸の持ち主だとは思いもしなかった。いつもスーツに身を包み、シャツのようなブラウスを着ていたせいで、女らしい曲線がめだたなかったのだ。クリスマスパーティのときでさえ、彼女はゆったりとした赤のドレスをまとってセクシーな体をうまく隠していた。こんな体を見たら、健康な男は誰でもよだれをたらしながら欲しいと思うだろう。

　運悪くジャックは健康そのものなうえに三月の初めから、つまり二カ月以上も女性とつき合っていなかった。もうそんなにたつのか？　ジーンズを押しあげる不快なうずきは、彼にそうだと告げている。

　ありがたいことに、マリオンが彼を押しのけ、呆然とするビビアンに早口で事情を説明しはじめた。やっとのことで美しい胸から視線を引き離したジャックは、くるりと身をひるがしてキッチンに向かった。そして椅子に座ってビスケットを頬張りながら、もっとまともな暮らしをしようと悲しく考えた。僕はきちんと欲望を満たさなくては。まだ三十七歳の男盛りなら、休日だけの情事や、一夜限りの関係ばかりを求めていてはいけない。もっと安定した、満足のいくセックスを経験しなければ。

そのためには適当な恋人を見つける必要があるのだろうが、ジャックは気が進まなかった。今までも恋人はいたものの、ただベッドをともにするだけでは飽き足らない彼女たちは、しょっちゅうデートをしたがり、家族に会えと迫り、最終的には指輪をくれとせがんだ。結婚の手間を避けて一緒に住むだけでいい、という相手もいたにはいたが、そういう女性も必ず子供は欲しがった。

ジャックが子供を望まないのは二十年もの間、兄としてまた父親代わりとして、二人の妹を守ってきたからだ。そのうえ、四十代の若さで夫を失って抜け殻のようになった母の面倒も見てきた。

父親がバイクの事故で命を落としたとき、ジャックはまだ十七歳だった。しかし保険金が入るどころか多額の借金があるほど家計は苦しく、心がずたずたになった母の代わりに一家を支える主とならなければならなかった。だから彼はすぐ学校を辞め、家族を養うために働きはじめた。

エンジニアになる夢をあきらめるのは死ぬほどつらかったが、ほかに選択肢はなかった。援助を頼める人もいなかったからだ。ローンを払い、家族を食べさせるために、ジャックは建築現場で毎日働いた。幸い、厳しい作業に耐えられるたくましい体には恵まれていた。また優秀な頭脳で業界の仕組みをすばやく学び、自分の建設会社を立ちあげたおかげで、家族が暮らすのにじゅうぶんすぎるほどの収入を得られるようになった。

今では自分がなしとげてきたことをいとしく思っているので、もうエンジニアにならなかったことを悔いてはいない。家族も心から愛している。しかしその思いが強すぎて、ジャックにはほかのことを考える余裕がなく、自分が新しい家庭を築くなど想像もできなかった。ただ妻も子供も欲しいとは思わないが、もっとセックスはしたい。

思うほど簡単にかなう願いではなかった。もちろん、ジャックさえその気になれば、相手はすぐに見つかる。しかし三十七歳にもなると、一夜限りの関係がそれほど楽しいとも思えなかった。このごろは欲望を感じる相手ではなく、好きな女性と一緒にいたいと考えてしまうのだ。

魅力的で教養のある愛人が欲しい、とジャックは思った。責任を求めず、ストレスにならない相手を見つけて、彼女の家に通いたい。

そんなことを考えていると、マリオンが勢いよくキッチンに入ってきた。

「ジャック、悪いけれど、私はそろそろ着替えて仕事に行かなきゃ。ビビアンによると、あなたにはここにいてほしいそうよ。すぐ来ると思うわ。じゃあ、今日は会えて楽しかった」そう言い残して、マリオンはそそくさと裏口から出ていった。

ジャックは顔をしかめた。傷ついたビビアンをさらに怒らせたかと思うと、二人きりになるのが気まずい。あんなふうに浴室に飛びこんできた自分を見て、彼女はいったいどう思ったことか。

「ドアのことも、きっと怒っているぞ」ジャックがそうつぶやいたところに、当の本人がふわふわの白のバスローブとおそろいの白いスリッパで現れた。

「ええ、そのとおりよ」ビビアンがバスローブの紐をしっかりと結びながら言った。

あの下は裸だと思うと落ち着かない。無造作に肩に下ろしているとび色の髪も、あそこまで長いとは知らなかった。そしてビビアン自身がこれほど美しいことも。いつも髪をアップにしたビビアンには、いかにも仕事ができる女という印象しかなかった。クリスマスパーティでさえ、彼女の髪型は同じだった。いつもと違っていたなら、僕は気づいたはずだ。

本当にそうだろうか？

仕事でかかわりのある女性や決まった相手のいる女性に興味はないので、ジャックはあまりよく見ていなかった。よけいなトラブルは避けるという知恵が、長年の経験で身についているからだ。たしかにビビアンのことはそこそこきれいだとは思っていたが、それ以上はなにも考えていなかった。

だが顔を上げてよく見ると、ビビアンはそこそこきれいどころか、驚くほど美しい。顔立ちは端整で、小さく整った鼻はまっすぐだし、唇はふっくらとしていて、緑色の瞳はこのうえなくすばらしい。こんな目にどうして今まで気づかなかったのか？　きっとビビアンがいつもサングラスをしていたせいだ。

今、ジャックはその圧倒的な美しさを見せつけられていた。怒りをこめたビビアンの目が、たいていの男なら震えあがるほどまっすぐに彼を見据えていたからだ。

「あのドア、すぐに直してもらえるんでしょうね」ビビアンは言った。

「今日にでも手配する」ジャックは答えた。

「それにしても、私がお風呂で自殺するなんて」激しい口調で彼女が続ける。「よくもそんなばかなことを思いついたものね！」

ビビアンに限って自殺なんかありえない、と本当は思っていたのだが、言い訳しても無駄だろう。

「君がずっと浴室にこもって出てこない、とマリオンが言うものだから」彼女を落ち着かせようと、ジャックは静かな声で答えた。「それに今朝、ナイジェルにいろいろと話を聞いたんだ」

「あら、そう？」腕組みをしたビビアンは、おどけた顔をしてみせた。「いったい私の、どんな話をナイジェルから聞いたというの？」

　さっきのむき出しの怒りに比べれば、皮肉っぽい態度はかなりの進歩だ。「君が会社を辞めたから、僕が仕事を頼むのは無理だと言われた」

「ふん！」ビビアンは鼻を鳴らした。「そんな話だけじゃないはずよ」

「ああ。ダリルとエリソンの娘のことも聞いた」

「やっぱり」ビビアンが、まるで今にも泣きそうな女の子のように顎を震わせる。

　そういう顔をよく知っているせいで、ジャックは息をつめた。ビビアンが泣き出したら、どう対処すればいいだろう？　体に触れるのは、やめたほうがよさそうだ。むせび泣く妹や母親を抱きしめるのと、急にとてつもなくセクシーに思えてきた女性を抱きしめるのとでは、勝手が違いすぎる。

　つまり、こちらに怒りをぶつけるビビアンに、僕はなんとなく欲望をかきたてられているのだ。こんな状態でもし彼女を抱き寄せたら、とんでもなく愚かなまねをしてしまうかもしれない。たとえばキスをするとか。そうなれば、フランセスコ・フォリーの改装を頼む望みは絶たれる。たちまち彼女の平手が頬に飛んできて、さっさと出ていけと言われるだろう。だが仕事を引き受けるよう説得するための時間は、まだたっぷりあるはずだ。

　幸い、ビビアンは涙をこぼさず、代わりに顎に力をこめて挑戦的に目を輝かせた。

「そんなのは過去の話だわ」そのきっぱりとした言い方に、ジャックは感心した。「今日は今日でまた別の風が吹く、ということよ。ところで、ジャック」そう言ってビビアンは彼の正面に座った。「私に頼みたい仕事って、いったいどんな内容かしら？」

3

ストーンという姓が示すように、いつもはまるで石みたいに表情を変えないジャックが驚くのを見て、ビビアンは小気味よく思った。この人も結局、感情のない機械などではなかったのだ。さっきも浴室で私の胸を見つめていたし。だけどほかの男たちがじろじろ見るときとは違って、ジャックの刺すような青い瞳に欲望はなく、心底驚いた目をしていた。私が生きていたのが意外だったらしい。

マリオンも同じだったと言われ、ビビアンは動揺していた。いつもの彼女らしくない行動――とりわけ感情的に突然仕事を辞めたことが、親身に気遣ってくれる人たちをそれほど心配させていたのだ。

もちろん、ジャックはその中に入らない。ジャック・ストーンが心から案じてくれたと信じるほど、ビビアンは愚かではなかった。花を持ってわざわざ自宅を訪ねてきたのも、私にさせたいことがあるからだ。いったん仕事を引き受ければ、どれほど傷ついていてもジャックは気にしないだろう。

実際、ビビアンの心はずたずただった。もう愛していない、と最愛の男性から言われるだけでもつらいのに、みじめなことにダリルの新しい恋人が誰か知ったのはつい最近だった。しかも、コートニー・エリソンのおなかは大きかった。

何カ月も前からダリルにだまされていたのかと思うと、気が変になりそうになる。新しい彼女とはまだなにもない、なんてばかげた言い訳を私は信じていたのだから。

まったく、男性のこととなると、どうしてこうも無防備で鈍感なのかと自分に嫌気が差す。

でももう考えるのはよそう。ビビアンは背筋をまっすぐにし、意を決したようにジャックを見た。彼のような男性の前で、めそめそしてはいられない。

「ほら」ビビアンは鋭い声で促した。「さっさと用件を言えば？」

ジャックは青い瞳を曇らせ、困ったように黒い眉をひそめた。

また彼らしくない顔を見て、ビビアンは勝ち誇った気分になった。さっきはジャックを驚かせ、今度はとまどわせている。

「僕の頼みをといてくれるというのか？」

ビビアンは笑った。「プロポーズなら、答えは〝ノー〟よ。でも仕事の申し出なら考えてもいいわ。会社を辞めたことを、少し後悔しているの。まさかそのせいで、私が自殺すると人に思われるなんて。だからジャックリ、どんな話か聞きたいわ。場合によってはお引き受けするから」

ジャックはまたしても、いつもは見せない顔をした。しかも今度は笑っている。まるで楽しむようにゆったりと唇の端を持ちあげて、彼はなにを考えているのだろう？

私、笑われるようなことを言った？　〝プロポーズ〟という言葉がおかしかったの？　建設業界では、ジャック・ストーンといえば独身主義者で知られている。無理もない、彼は仕事中毒だからだ。妻や家族と過ごす時間など惜しいだけらしく、恋人と一緒のところも見たことがない。手がける建設プロジェクトの現場に連れてきたこともないし、去年のクリスマスパーティにも一人で現れた。

でも、彼が修道士のように禁欲的に暮らしているとは思えない。男性的な魅力がありすぎる。〈クラシックデザイン〉で一緒だった女友達なんて、彼を〝歩く男性ホルモン〟と呼んでいたほどだ。

たしかに、ジャックはとても肩幅の広い、たくましい体をしている。だから、体あたりされた浴室のドアだってあんな無残なことになったのだ。顔もいかにも男らしく、額が高くて鼻筋は力強く、しっかりした顎に意志の強そうな唇をしている。そのうえ黒い髪は短く、眉も濃くて、どこから見ても男の中の男といった感じだ。

無愛想で温かみに欠けていても、ジャックに魅力を感じる女は多いだろう。視線はいつも厳しく冷たいけれど、青い目はすてきだから。瞳を輝かせるところなど見たこともないので、さっきの反応は特別だ。でも、だからといってなにも変わらない。どう見ても、彼は私のタイプではない。

それなのに、ジャックはどんな女が好みなのだろうと、気になってしかたないなんて。忙しい彼に時間があればの話だけど、ベッドの相手はどんな人？どこかに愛人でも隠しているとか？　彼なら体以外にはなにも求めない、そんな女を選びそうだ。ありあまるお金にものを言わせれば造作もないだろう。

本当はどうなのかしら？　ビビアンはジャックの瞳の奥をのぞきこんだ。さっきの笑みが消えた彼の目は、揺らぐことなくまっすぐにこちらを見つめている。やっぱり愛人がいるんだわ、と思ったとたん、奇妙にもエロチックな震えがビビアンの背筋に走った。なぜか、そういう男女関係が刺激的に思える。少しも嫌悪感がわいてこないのだ。

「なんだ、急に無口になって」ジャックの声が呆然とするビビアンの耳に届いた。

「ごめんなさい。ちょっと考えごとをしていて。今日は一日、いろいろなことを考えたわ……お湯の中でも」それからうるさくてつまらない音楽を聴いていた。だからノックの音が聞こえなかったのだ。

「考えすぎるとろくなことはない」ジャックが言った。「行動すれば、たいていの問題は解決できる。君は仕事で忙しいほうがいいんだ、ビビアン。僕のためでも、ほかの誰かのためでもいい。ともかく体を動かさなければ。暗いことばかり考えて、睡眠も食事もとらないでいたら、毎日たくさん薬をのみながらあっという間に月日がたって、気づいたときにはどこからも仕事がこなくなっているぞ」

「まったくもう……ナイジェルだけじゃなく、マリオンもよけいなことをしゃべったのね」

「二人とも君のことが心配なんだよ、ビビアン」

「あなたもかしら、ジャック？　私のことを思って、仕事を頼みに来たとでもいうの？」

　彼は肩をすくめた。「君のことをいちばんに考えた、と言えば嘘になるかな。しかし心配はしている。言っておくが、いつかきっとあの最低男と結婚しないですんだことを感謝する日がくるはずだ」

　ビビアンは奥歯を噛みしめた。なぐさめのつもりだろうけれど、そう言われるのはつらい。ダリルを愛していたし、最低でもあと一カ月はみじめな日々を過ごさなければ、裏切られたショックから立ち直れない気がする。

　だけど、このまま引きこもり、ダリルのせいで人生をだいなしにしたくはない。ジャックの言うとおりだ。私にはまだ仕事という道がある。

「そうね」ビビアンはやっと答えた。「どんな仕事なの？　決めるのは詳しく聞いてからにするわ」

　ジャックの話を五分も聞くと、ビビアンは心の底から驚き、興味をかきたてられていた。彼が田舎で見つけて衝動買いした、屋敷の改装を頼みたいですって？　いいえ、田舎は言いすぎだ。海沿いの町であるポートステファンズは、ニューサウスウェールズ州第二の都市ニューカッスルからそう遠くない。シドニーからも、車で二時間半か三時間あれば着くだろう。

　ポートステファンズでは、休日用の別荘や老後を過ごすための家を買う人が増えているという。行ったことはないが、旅番組でそう紹介されているのは観た。たしか近代的な商業施設が点在する一方で、入り江や美しい砂浜といった手つかずの自然が広がる地域だったはずだ。しかもジャックの話では、買った建物はどこにでもあるものとは違うらしい。海を一望できる丘にそびえる巨大な屋敷は、地中海様式の邸宅と五〇年代のハリウッドの豪邸を合わせたような奇抜な建物だというのだ。

なによりフランセスコ・フォリーという名前に、ビビアンは惹かれていた。改装はかなりむずかしい作業になるに違いない。だけど全力で打ちこんでもいつ仕上がるかわからない大仕事こそ、今の私に必要なものだ。

「正直に言うと、ちょっと驚いたわ」

ジャックは椅子の背にもたれた。「それでも、仕事としては興味が持てたか？」

「もちろんよ」きっぱりと、ビビアンは答えた。

「今度は僕が驚く番だな。きっと断られると思っていたのに」

ビビアンが肩をすくめる。「興味がわいたと答えただけで、まだ引き受けるとは言ってないわ」

「なるほど」ジャックは腕時計を見て、それから彼女の顔をまっすぐに見た。おもしろがるような目の輝きは消え、いつものビジネスマンらしい顔に戻っている。「ところで、君はどうか知らないが、僕は飢え死にしそうなんだ。家ではろくに食べていないんだって？　マリオンに聞いたよ。詳しいことは食事をしながら話すから、着替えてレストランをさがしに行こう。そもそも君に仕事を発注するには、屋敷の売買契約を正式なものにしないとな。それでもゆうべ電話で弁護士には急ぐように言ったから、手続きに時間はかからないはずだ。不動産会社はいつでも喜んで屋敷の鍵を貸してくれると言ったから、君も中を見られる。明日、車で案内しよう」

「明日ですって！」ビビアンは叫んだ。

「明日じゃいけない理由でもあるのか？　予定があるなんて言うなよ。僕も君も、そんな言葉は嘘だとわかっている」

ビビアンはため息をつきたいのをこらえた。これがいつものジャックなのだから、どうしようもない。現場にいるときの彼は、まるで毎日締め切りに追われているように一分も無駄にせず精力的に動きまわるのだ。愛人がいるとして、この人はいったいどんなふうに会っているのかしら？　行く前に彼女に電話をして、家に着くなり始められるよう服を脱いでおけと言っていたとしても不思議じゃない。

またそんなことを想像して興奮している自分に、ビビアンは驚いた。あきれたことに体まで反応して、バスローブの下で下腹部と胸の先がきゅっと硬くなる。中でなにが起きているかわからない、厚手のバスローブを着ていてよかった。それでも体が熱くなるのも、頬がほてるのもとめられない。

乱れる心といつになくざわめく体を落ち着かせようと、ビビアンは奥歯を噛みしめて顎に力を入れた。想像しただけでエロチックな気分になるなんて、今までならなかったことだ。その気になるにはまず恋に落ちることが必要で、ベッドをともにする相手も愛する男性でなければいけなかったのに。

あせったビビアンは、おなかはすいていないからジャックだけが外で食事をすませて戻ってくればいい、と言おうかと思った。でもばかげた話だ。ジャックが私のひそかな空想や体の反応に気づいているわけがない。しかも、彼女自身もとてもおなかがすいていた。

「さあ、行って」ジャックが命じた。「早く着替えてくるんだ」

ビビアンはあきれて目をむいたものの、立ちあがって寝室に向かった。いつものように居丈高なジャックの態度に腹をたてていれば、彼のせいで熱をおびている体を冷ませるかもしれない。いいえ、興奮したのはジャックのせいじゃなく、彼の愛人を想像したせいだ。そもそも、なぜ愛人なんて思いついたの？　ともかく気をしっかり持ち、ジャックについてよけいなことを考えるのはやめなくては。

ところが、〝言うは易く、行うは難し〟の言葉どおり、空想を断ち切るのは大変だった。白のコットンの小さなショーツと豊かな胸を小ぶりに見せてくれるブラをつけるときも、ビビアンはジャックの愛人が身にまとうランジェリーを想像していた。きっととびきりセクシーなもので、間違ってもコットンじゃないはずだ。それともなにもつけないで――。

「ああ、もう！」ビビアンは声をあげ、顔を両手にうずめた。

4

ビビアンが現れたとき、ジャックは出られなかった五本の電話に折り返し連絡し、修理業者に明日ビビアンの浴室のドアを見に来るように伝え、遅めのランチの予約まですませていた。彼女はアイボリーのスラックスをはき、白いTシャツの上に黒い麻のジャケットをはおっている。髪は下ろしたままで、赤く腫れた目をごまかすために薄く化粧をしたようだ。「泣いていたのか」ジャックはつい口走った。

ビビアンはおどけた顔をした。「そうよ。愛する男に二股をかけられたら、誰でも泣くでしょう。悪いけれど、私と仕事をするなら、こういう感情的な発作は何度か覚悟してもらわないと」

「かまわない」ジャックは答えた。「僕になにも期待しないならね」

ビビアンが驚いた顔をした。「期待って？」

「僕にはしょっちゅう泣く妹二人と母がいるんだが、そういうときは抱きしめてやらないと、口をきいてくれなくなるんだ」

「妹さんが二人とお母さんがいるの？」

びっくりするビビアンを見て、ジャックは笑った。

「僕をなんだと思っているんだ？　生まれてすぐ建設現場に捨てられていたとかか？」

彼女はほほえんだ。いつもの取りつくろったきまじめな笑顔ではなく、心からのもののようだった。

「違うわ。お母さんや妹さんに囲まれて育ったようには見えなかったの」

「はずれだね。僕はずっと妹や母と一緒に暮らしてきた。そうするしかなかったんだ。だが女性がどういう生き物か知っていても、自分では料理も掃除もしないし、泣ける言葉を書き連ねたカードを送れるような気のきいた男でもない。しかし、泣いている母や妹を抱きしめるのは忘れないよ」

「それに花を選ぶ目も確かだわ」

皮肉なのかほめられたのか、ジャックにはわからなかった。

「お礼がまだだったわね」ビビアンがしみじみと言った。「ごめんなさい、ジャック。ふだんの私は、失礼でも恩知らずでもないのよ。やっぱり、ちょっとどうかしているのね」

「いいんだ。それより早く出かけよう。ランチの予約もしたことだし」

ビビアンは目をぱちくりさせた。「予約ですって？　どのお店を？」

「まだ内緒だ。君をびっくりさせたいからね」

ジャックの思惑どおり、ビビアンは驚いた。案内されたのは人気のシーフードレストランで、バルモラルビーチの眺望がすばらしいだけでなく、ジャックを賓客のようにもてなすスタッフの対応はとても丁重だった。最高のテーブルが用意されていたのはもちろん、サービスも一流で、飲み物も料理もすぐに運ばれてきた。

店の常連らしいところを見ると、ジャックは仕事中毒などではないのだろうか？　本当は社交的で、愛人ではなく、ちゃんとした恋人がいるのかもしれない。もっとも、そんなことを本人にきくわけにはいかないけれど。

それでも、ビビアンはしだいに好奇心を抑えられなくなってきた。

「ここにはよく来るの？」ミネラルウォーターのグラスを口に運びながら、彼女はなにげなく尋ねた。ジャックにはワインを勧められたものの、飲めばまた涙もろくなりそうだったのでやめておいたのだ。

「まあね」ジャックは曖昧に答えた。「母は今、あそこに見える丘に住んでいるんだが、シーフードが大好きなんだ。そういうわけで月に一度は連れてくるかな。母の日にも来たし、妹たちともよく来る。妹は二人とも結婚して子供がいるから、みんなで来るときはものすごく大きなテーブルを用意してもらっている」

「そうなの」どうせならもっときいてみよう。「ジャック、あなたは……結婚して子供を持ちたいとは思わないの？」

ごく自然な流れで質問したから、無表情とはいえ、彼は怒ってはいないようだ。「そうする時間も気力もなかった、と言っても君は信じないだろうが、本当なんだ。十七歳のとき、父が多額の借金を残して亡くなってね。僕は学校を辞めて働くしかなかった。大学に行ってエンジニアになる夢も消えたし、つらかったが、今はそれでよかったと思っている。自分の現状には満足しているからね」

「本当にそうだわ」ビビアンは賛成した。「あなたの建設会社は成功しているだけでなく、シドニーでも一、二の評判を争う優良企業ですものね。どんなプロジェクトも予算どおり、時間どおりにきちんと仕上げて、しかも仕事も丁寧だと評価されている」

ジャックはほほえんだ。「一つ忘れているよ。うちには最高の人材がそろっているんだ。その中には、最高のインテリアデザイナーもいる」

「あなたも忘れているわ。そんなに成功したのに、結婚して子供を持つ余裕がないのはなぜ？　ねえ、ジャック、あなたはもう何年も業界トップの座にいるのよ」

「こうなるまでにはずいぶん苦労したよ。しかも、僕には妹や母を守る責任があった。母はそれほど強い人じゃないから、父が亡くなると精神が不安定になって、今でもちょっとしたことでうつ状態になるんだ。そういう人はめずらしくないだろう？　本人もつらいだろうが、見守る家族も大変だ」

「ええ」ジャックが想像できる以上に、ビビアンにはよく理解できた。「本当にそうよね」

「経験して初めてわかるつらさだよ」言いながら、ジャックはふと思った。まさか……彼女も同じような目にあったことがあるのだろうか？「ともかく、金は稼げるようになったが、これ以上義務や責任は負いたくなくて。だから今も……ちょっと待てよ、ビビアン」ジャックが急に言葉を切って、青い目を見張った。「いったいなぜ、僕はこんな話をしているんだ？」

ビビアンはあきれたように目をくるりとまわした。少しくらい肩の重荷を下ろしても悪いことではないのに、自分には許されないとでも思っているのかしら？「やめて、ジャック」ついきつい声になる。「私の前では、男を振りかざして強がらないで。たまには本音を言わなきゃ。女はいつだってそうしているわ。女子会で盛りあがる私とマリオンを見せてあげたいくらいよ。家族を、とくにお母さんを守ってきたあなたはすてきだと思うし、結婚や子供を望まなくてもべつにいいじゃない？　みんな、好きなように生きる権利があるんだもの。私はただ、あなたって理想の結婚相手と思われてきたはずだから、ちょっと理由をきいてみたかっただけ。これまでも言い寄ってくる女性はたくさんいたでしょう？」

「たしかに標的にされた時期もあったが……」もっとなにか言いかけて、ジャックは黙った。どんなことを言おうとしたのだろう、とビビアンが考えていると料理が運ばれてきた。ロブスターにフライドポテト、それにサラダだ。

「嘘みたい」ビビアンはうめくように言った。「私、すごくおなかがすいていたのね。料理を見てやっとわかったわ」

「僕もだよ。さあ、おしゃべりはやめてたっぷり食べよう」

　二人はろくに会話もせずに夢中で料理を平らげた。時折、ビビアンは満足げなため息をついたが、ジャックはただ黙々と食事を口に運んでいる。おいしそうなロブスターの身を食べつくしてビビアンがやっと顔を上げると、彼もちょうど食べおえたところで、うれしそうに指先をなめていた。

　というより、しゃぶっている感じだ。

「こんなうまいものはないよ」音をたてて指を吸いながら、ジャックが言った。

　ビビアンはなにも答えられなかった。彼の指を見つめながら、とんでもない想像をしていたからだ。あの長くて太い指が……。

　自分とジャックがベッドでからみ合う姿が頭いっぱいに広がり、ビビアンはたまらず椅子の背にきつく背骨を押しつけた。自分のエロチックな想像力にもさることながら、彼の指を受け入れる空想に体の奥がほてってすっかりあわてて、なんとか落ち着こうとゆっくりと深く息を吸う。ジャックのせいで妙な気分になるのは、これで二回目だ。もちろん、ジャックがそう仕向けているわけではない。私がとんでもない想像をしているなんて、彼は夢にも思っていないだろう。最初はジャックと愛人のこと、そして今は彼の指が自分に差し入れられるところを思い描いているなんて。

エロチックなことばかり考えるのはダリルのせいかしら、とビビアンはぼんやりと思った。この一カ月、ベッドで彼を喜ばせることができなかったから捨てられた、という思いがどうしても消えない。口では満足していると言いながらも、ダリルはもしかしたら不満だったのかもしれない、とさっきも浴室で考えていた。コートニー・エリソンがなにか変態じみたことをしたせいで、ひそかな願望を満たされたダリルは彼女なしではいられなくなったのだろうか？　そんな疑問が影響して、今日の私はすっかりおかしくなっているとか？　ダリルへの復讐（ふくしゅう）というか、自分だって負けないくらい奔放になれると証明したくなっているのかもしれない。

ともかく、ビビアンはたしかに興奮していた。ジャックがあのいまいましい指をなめるのをやめてくれればいいのに！

彼女は目をそらし、危機に瀕（ひん）したときにはいつもするように仕事のことを考えた。

「ジャック」仕事用の顔を作って、彼に向き直る。「私を雇う条件を聞きたいわ」

眉をひそめたジャックは、白いナプキンで指をふいた。「もう一度屋敷をよく見てみないと、まだ詳しい話はできない。明日、君も一緒に行って、フランセスコ・フォォリーの状態をその目で確かめてくれないかな？　リフォームにどれだけ時間がかかるか、君の意見も聞きたいしね。僕はいつもインテリアデザイナーには時間給ではなく、出来高で報酬を支払っているだろう？　僕の特別なリクエストを聞き入れてくれるなら、かなりの金額を払うつもりだ」

ビビアンは眉を上げた。ジャックが報酬をうわ乗せするなんてめったにないことだ。いつも仕事に見合った額をきちんと算出する、手ごわい相手だから。

「かなりの金額というとどれくらい？」

「破格の報酬だ」

「でもなぜ？　新進気鋭の若いインテリアデザイナーを、もっと安く雇うこともできるでしょう？　その人も、あなたと仕事ができれば光栄だと喜ぶでしょうに」

「新進気鋭のデザイナーに用はないよ。ビビアン、僕は君が欲しいんだ」

5

〝君が欲しい〟とジャックが言ったのは、今朝ナイジェルに話したように、ビビアンを雇いたいという意味だった。だが少し見開いた、なんとも美しい緑色の瞳を見つめていると、ビビアンを自分のものにしたいと願っている自分に気づいた。

ジャックはショックで言葉を失った。たしかに彼女を美人とは思っていたし、後ろ姿に見とれたこともあるが、考えたこともない願望だ。

欲望を感じたことは一度もないのに、今日はもう二度も体が反応している。最初は浴室でビビアンの裸を見たとき、そして二回目はこのレストランでだ。

どうしてそうなる？　刺激的な出来事はなにも起

きていない。僕はビビアンの裸を見たわけでも、思わせぶりなやりとりをしたわけでもない。仕事の話をしているだけなのに、冗談じゃないぞ。

　ジャックは身も心も欲望に支配されていた。目の前のビビアンの服が一枚ずつはぎ取られていき、ついに生まれたままの姿になる。そんな妄想に体は硬くなり、痛いほど張りつめていた。

　なんてことだ。ジャックはいらだった。いったい僕はこれからどうする気なんだ？

なにもできるはずがない。彼は寂しく考えた。ビビアンの傷心につけこんで誘惑するのは気が引けるうえに、この先いろいろと支障をきたしてしまう。

　もう少しあとならどうだ？　ビビアンに頼む仕事は何週間も、いや、何カ月もかかるだろう。無理だとジーンズのふくらみは告げているのに、そんなに待てるのか？　この切羽つまった欲望がビビアンのせいではなく、長い禁欲生活のせいならいいが。

「なぜ私がいいの？」ビビアンが尋ねた。

　仕事に関係ない答えが次々に頭をよぎり、顔に出てはいないかとジャックは心配になった。

「なぜって、君が最高だからだよ」そうでなければいいのに。善良なビビアンがコートニー・エリソンなみの悪女なら、あれこれ期待しても心が痛まずにすむ。

　ちょうどいいときにウエイターが現れ、テーブルを片づけてデザートを勧めた。ビビアンがなにもいらないと言ったので、ジャックは自分のためにコーヒーを頼んだ。また二人だけになるころにはビビアンの裸体をなんとか頭から追い払ったが、彼女のようなすばらしい女性に性的な妄想をふくらませる自分の卑しさに嫌気が差していた。

　ウエイターが来たのをありがたく思ったのは、ビビアンも同じだった。もう少しでおかしなことを口走るところだった。〝なぜ私がいいの〟なんてきいて、いったい彼になにを言わせたかったの？　仕事ぶりは高く評価されているのになぜ？　自尊心を満足させるために、もっとほめてほしいから？　それともなにか……認めるのも恥ずかしい別の答えを求めていたから？

またどうしようもなく体が熱をおびてきて、ビビアンは椅子を倒しそうな勢いで唐突に立ちあがった。あわてて椅子を支え、弱々しい笑顔でジャックに中座を詫びると、化粧室に向かう。

すっかり困惑したビビアンは、洗面台に寄りかかり、鏡に映った紅潮した顔を見つめた。私ったらいったいどうしたの？　最初はジャックの指を見てとんでもない想像をし、次は仕事の依頼をするのではなく私自身を求めてくれればいいと期待するなんて、ばかなんじゃないかしら？　頭が空っぽでもなければ、相手が好意を持っているかどうかはわかるもので、ジャックはどう見ても私に関心はない。今までずっとそうだったし、こちらも彼を欲望の対象として意識したことはなかった。ところが今日になって急に、ジャックがひどく魅力的に……危険なほどたまらなくセクシーに思えるのだ。

これはきっとダリルのせいだ。彼を失っておかしくなった私は、ぽっかりあいた心の穴を誰かにうめてほしいと願っているのだろう。愛してはくれなくても、自分を求めてくれる誰かに。恋人に捨てられた女はよく愚かなことをするものだ。まわりにも急に髪を短く切って白く脱色した人や、豊胸手術を受けた人、それに一カ月間毎日違う男とベッドに行った友人がいる。二十七年間も生きていれば、男に人生を狂わされる者がまわりに何人か出てきても不思議ではない。

ビビアンには髪を切るつもりも、ブロンドに染めるつもりも、毎晩ベッドの相手を求めてバーをさまようつもりもなかった。ただなんとかして……ジャック・ストーンはその気にさせたい。フランセスコ・フォリーの改装を引き受けたい以上に、あの鋭く青い瞳に欲望の火をともし、私をじっと見つめて、無我夢中で求めてほしいのだ。

頭を振り、ビビアンは肩を落とした。そんなことができるはずもないでしょう？　誘惑の技を駆使して男性の理性を失わせたことはなく、ましてや魔性の女だったこともない。ダリルの前につき合った恋人だって五人に満たないのだ。実はベッドの上ではとても引っこみ思案で、ダリルともいつも恥ずかしくてたまらなかった。私が恋に落ちたのも、彼が近づいてきてそうなるように仕向けたせいだったのだろうか？

彼女は顔をしかめた。その考えはどうかしら？　ダリルのせいで恋に落ちたというなら、まるで私には選択の余地などなかったみたいだ。人生で誇れるところがあるとしたら、いつも進むべき道は自分で決めてきたことなのに。今日も浴室で、これからどう生きるかじっくり考えた。でも答えは出ていない。まだ心を落ち着けて冷静に考えられる状態ではなかったので、いつの間にかただ湯船に体を伸ばし、イヤホンをしたまますっかりお湯が冷めてしまうまでぼんやりしていた。

ジャックがドアを破って飛びこんできたときは仰天し、ものすごく恥ずかしかった。胸をじろじろ見られたからだ。私って露出狂の気があるの？　まさか！　それにしてもあれ以来、彼のせいで体が妙に高ぶるのはなぜ？　本当に意味がわからない！

化粧室に人が入ってくると、ビビアンはそそくさと個室に急ぎ、腰を下ろしてゆっくりと考えた。しかし腹立たしいことに、やっぱり考えはうまくまとまらなかった。

ジャックから頼まれた仕事はどうするつもりなの、ビビアン？　考えごとが迷走したときにだけ聞こえる、厳しい声が問いかける。引き受けなくてもいいのよ。彼だって無理には頼めないわ。さあ、ビビアン、心を決めなさい！

　ビビアンは下唇を噛みながら考えつづけた。

　インテリアデザイナーの仕事を続けるつもりなら、建設業界に絶大な力を持つジャックの申し出をむげに断るのは利口ではない。だからといって、明日二人きりで何時間も彼の車に乗って、屋敷を見に行ける？　それに、こんなに彼のプライバシーに深くかかわる仕事を引き受けていいものだろうか？　イエスと言ったら、会う機会も増えることだろう。そのたびに、今日のように顔が赤くなる妄想に悩まされたら本当に困る。

　それなら、断ってどうするつもり？　家にいて、ずっと一人で落ちこんでいるの？　想像しただけでもぞっとする話だ。それならさっさと荷造りをし、どこかに行って楽しもうか？　だけどどこに行っても一人ぼっちに変わりはないし、悲しみが癒えるわけでも気がまぎれるわけでもない。そんなことをするくらいなら辞意を撤回し、〈クラシックデザイン〉に戻って仕事をしたほうがましだ。逃げてもなにも解決しないということは、つまり現実に立ち向かうしかないのだ！

　だったら正直に認めるしかないわね、ビビアン。どうしてこうなったかはさっぱりわからないけれど、あなたはジャックに惹かれている。しかも彼が欲しくてたまらない。それが現実よ。

　でもジャックに魅力を感じる理由がないわ、とビビアンは自分に反論した。外見もまるでタイプではない。がっしりした男性が持つ威圧感には興味がないからだ。

　やっぱり、ただの一時的な気の迷いだろう。明日目を覚ませば、そんな感覚はすっかり消えているかもしれない。そうすればジャックと顔を合わせたとしても、今までどおり偉そうで高圧的で、一緒にいるといらいらする相手だと思えるに違いない。

いくらか論理的に考えられた自分に気をよくしたビビアンは、結論を急がないことに決めた。返事は明日、ようすを見てからにしよう。車で一緒に屋敷に行ってみたあと、やっぱりジャックと二人でいるのに耐えられないようなら、こんな大切な仕事は引き受けられないと言い訳して断ればいい。

彼も納得するはずだ。違うかしら？

ビビアンがテーブルに戻る間、ジャックは白い麻のテーブルクロスを人差し指でずっとたたいていた。本当にせっかちな人だ。短気で要求が多い彼は、物事が思いどおりに運ばないとすぐに不機嫌になる。

こういう人だから、依頼を断るほうが面倒なのだ。説き伏せようとしたり、報酬を上げると言ったりするに決まっているから。だけど気が向かない限り、どんなにお金を積まれても改装を引き受けるわけにはいかない。

さっきまでの悩みはすっかり消え、ビビアンの頭はクリスタルのようにすっきりと冴え、興奮もおさまっていた。「コーヒーはまだなのね」椅子を引きながら、彼女は礼儀正しく言った。

「まだだ。それで、君の答えはイエスかノーか、どっちなんだ？　はっきりさせてくれ」

ビビアンは思わずほほえみそうになった。そうよ、こんなジャックが相手なら私もふつうに戻れる。でも、早まってイエスと返事をする気は毛頭ない。

「フランセスコ・フォリーをこの目で見るまではなんとも言えないわ、ジャック」

「それなら、明日七時ごろに迎えに行く。医者からもらった睡眠薬をのみすぎるんじゃないぞ」

ビビアンはうんざりしたようなため息をついた。

「マリオンはいい友達だけれど、おしゃべりで困るわ。ほかにはいったいなにを聞いたの？」

「べつになにも。あのアパートメントは賃貸ではなく、君が買ったものとは聞いたが、それはマリオンが僕の質問に答えただけだ」

「どうして知りたかったの？」どうせ私の懐具合をさぐるために聞いたに違いない。知識はいろいろと役に立つものだから。

「理由はないが、家の中があんまり殺風景で驚いた。君らしい温かみが感じられなくて」

「まあ」ビビアンはジャックの観察力にぎくりとした。家がどうしてああなのか思い出すだけで、胸が締めつけられる。そのわけは言葉にできない。マリオンに同じことをきかれたときも、散らかっているのが嫌いだからと答えた。だが本当の理由は、もっと複雑で深刻だった。「リフォームしたばかりで、まだ部屋の内装が途中なの」

「なるほど、そういうことか。例の彼が出ていくときに、家具を持ち去ったのかと思ったよ」

ダリルと言う代わりに、〝例の彼〟と軽蔑をこめて呼ぶのはいい考えだ。「ダリルの持ち物なんてないわ」ビビアンは吐き捨てるように言った。「服だけよ」それも、ほとんどは彼女が買い与えた。携帯電話のセールスマンでは、ブランド物のスーツには手が届かない。しかしあきれる話だ。彼のこととなると、とことんお人よしになれたとは。ビビアンは無意識のうちに、ついこの間まで婚約指輪をしていた左手の薬指に触れた。

〝あとで必ず返す〟とダリルが言ったから、私は指輪の代金さえ支払った。

でも、彼は返さなかった。

今ではベッド脇のテーブルのいちばん上の引き出しにしまっているが、その指輪を見るたびに自分の愚かさ加減を思い知らされる。

ビビアンはふと思った。先週の日曜版のゴシップ欄で、コートニー・エリソンが自慢げに見せびらかしていたあの婚約指輪も、きっと彼女が自分で買ったに違いない。偽物でもなければ、ダリルがあんなに大きなダイヤモンドを買えるはずがないのだ。もっとも偽物でも驚かない。うわべだけ飾った不誠実なダリルにはお似合いだ。

運ばれてきたコーヒーは銀のポットに入れられ、クリームと山盛りのミントチョコレートの皿も一緒だった。ウエイターがカップにコーヒーをついで立ち去ると、ビビアンはクリームと角砂糖を二つ入れたが、ジャックはブラックで飲んだ。

「あいつが出ていったのは君のせいじゃない、ビビアン」コーヒーを一口飲んで、ジャックが唐突に告げた。「コートニーの夫になれば手に入る財産に、目がくらんだだけだ」

歯ぎしりをして、ビビアンが顔を上げた。「たぶんね」

マリオンにも同じことを言われたし、実際、そのとおりだと思う。それでも、自分のせいだと思う気持ちが晴れないのだ。神経質なほどきれい好きなところや、セックスに関して保守的なところに、ダリルは嫌気が差したのかもしれない。口を使って男性を愛撫するのは好きではなく、恥ずかしい体位に挑戦する気にもなれなかった。自分が上になるのも苦手だったが、ダリルは決して無理強いはせず、〝君と愛し合えるだけで満足だ〟と言った。

「まともな男なら、君みたいなすてきな女性を捨ててコートニー・エリソンのような女に走ったりするものか」ジャックは続けた。「金メッキの人参でおびき寄せられたんだな」

ビビアンは喜べなかった。ダリルが財産めあての冷たい男だとしたら、私にもお金めあてで近づいたのかもしれない。コートニー・エリソンは桁違いの資産家令嬢だが、私も決して貧しくはない。自分の家や車を持ち、じゅうぶんすぎるほどの預金もある。

しかもシドニー屈指の有名インテリアデザイナーとして、十万ドルもの収入を得ているのだ。

ダリルに愛されていたわけではなく、二人の関係が初めから偽りだったと悟るのは、彼に捨てられた事実よりもつらかった。

青ざめるビビアンに気づき、ジャックは話題を変えることにした。「ところで」カップをソーサーに戻す。「明日、ドアの修理も、僕が君の家に行く時間と同じ七時に手配してある。ただし、すぐには直せないそうなんだ。ドアを丸ごと交換する必要があると伝えたら、担当業者がまずは寸法をきっちりはかりたいと言ったんでね」

ビビアンがふんと笑った。「業者が時間どおりになんて来ると思う？　あの人たちは一般人とはまったく違う時間感覚で生きているんだって、アパートメントのリフォームを頼んだときに思い知らされたわ」

「僕の会社に頼めばよかったのに」ジャックが答えた。「うちの人間なら、七時ちょうどに玄関をノックする。遅れたら二度と雇ってもらえない、とわかっているからね」

「この目で見ないと信じられないわ」

「じゃあ、楽しみにしているといい。僕も時間きっかりに行くよ。だからそれまでにちゃんと起きて、着替えていてくれ」

「ご心配なく」ビビアンは暗い声で言った。「時間に正確なだけが、私の取り柄だから」

その言葉の裏に彼女の沈んだ気持ちを察し、ジャックは顔を曇らせた。心配になると同時に、怒りがわいてくる。あのろくでなしはビビアンのプライドをここまで深く傷つけたのだ。今度会ったら、ただではおかない。地獄に突き落としてやる！

「君は疲れているようだ」ジャックは言った。「コーヒーを飲んだら家まで送るよ。ゆっくり眠ったほうがいい」

いちいち指図しないでとビビアンは言いかけたものの、ジャックは親切のつもりなのだろうと思い直した。ほかに方法を知らないので、つい上からものを言いがちになるだけなのだ。ビビアンはコーヒーを飲みほし、車で家まで送ってもらった。建物の前に着くと、断っても玄関まで送ると言ってジャックがついてきたが、逆らう気力もうせていた彼女は好きなようにさせておいた。

「本当に大丈夫か？」鍵を開けようとするビビアンに、彼が尋ねる。

彼女はため息まじりにジャックを見つめ、少しうんざりした口調で言った。「大丈夫よ。すてきなランチをありがとう、ジャック。お花のお礼はもう言ったかしら？」

「ああ」

「よかった。なんだか今は、自分が自分じゃないみたいな気がするの」

「わかるよ。でも、明日になればよくなるし、あさってにはもっとよくなる」

「そうだといいけれど」

「保証するよ。僕の言うとおりにすればいい。じゃあ、明日の朝また来るから」そしてとめる隙も与えず、ジャックは軽くさよならのキスをした。

唇が触れ合ったとたん、ビビアンの心臓はとまりそうになった。幸いなことに、ジャックはくるりと身をひるがえし、振り返りもせずに歩き去った。もし顔を上げた彼にじっと見られたりしたら、ただの挨拶のキスと思えなかったことに気づかれてしまっただろう。

「ばかみたい」ビビアンはまたため息をついた。

「私ったら、完全にどうかしているわ」

6

「頭がおかしいのか、僕は」ジャックはポルシェに飛び乗り、エンジンをかけて勢いよく発進させた。

するべき仕事はたくさんあるので、本当は会社に戻らなければならない。それでもジャックは車をバルモラルビーチに走らせ、携帯電話の電源を切って、あきれるほど長い間じっと車の中で考えていた。しかし頭はすっきりせず、いらだった彼はさらに無意味なことをした。母の家を訪ねたのだ。

もちろん母は家にいた。最近はいつもそうだ。このところ不安障害に病的な外出嫌いが加わり、一年で出かけたのは母の日と二月の誕生日の二回だけで、三月にバヌアツに連れていくのはあきらめなければならなかった。

「ジャック！」ドアを開けた母のエレノアは叫んだ。元気そうで、きれいな身なりをしている。以前はよく昼間でも部屋着のままでいたのに。「平日に来るなんてめずらしいわね。なにかあったの？」

「なにもないよ」ジャックは嘘をついた。悩みがあっても心配させるだけだから、母には言えない。「仕事で近くに来たんで寄ったんだ」

「うれしいわ。コーヒーでもいかが？」

キッチンに向かう母の後ろに、ジャックも続いた。

「そうだね」

キッチンはすっきりと片づいている。昔の母は度がすぎるほどのきれい好きで、家の中をいつも美しく整えていたが、父が亡くなるとうつ状態になり、家事ができなくなった。キッチンを見れば、母の具合がわかる。ぴかぴかに磨かれたシンクまわりを見る限り、状態はよさそうだ。

って、ジャックは尋ねた。

　火にかけたケトルのそばで、母が恥ずかしそうな顔をする。「実はそうなの。でも五時までは大丈夫。あなたも知っているわよね、隣のジムが……彼にディナーに誘われて、パームビーチのレストランに行くの。月曜に開いている店は少ないから」

　ジャックは驚きを隠せなかった。めったに外出しない母が、しかも男性と一緒に出かけるとは。

「ええ、言いたいことはわかるわ」母が言った。「でもやっとこうなれたのよ。先週、庭いじりをしながらジムとフェンス越しに話していたら、なんだか今までの自分にうんざりしたの。ジムとは挨拶をするだけの仲だったけれど、話してみると楽しくて。だからお茶に誘われるようになって、今度はディナーに誘われたの。ジムはすてきな人だわ。それに彼とつき合ったとして、私に失うものがあるかしら？」

「なにもないよ、母さん。よかったじゃないか」

「そう思う？」母はブラックコーヒーが入ったマグをジャックの前に置いた。「本当に？」そう繰り返すと、彼女は息子と向き合ってテーブルについた。

「もちろん。ジムはいい人だよ」母がこの家に住みはじめてから、もう何年も彼のことは知っている。いつも庭にいて、感じよく声をかけてくるのだ。

「よかったわ。実は、彼とのデートは今日が初めてじゃないの。この一週間、毎晩二人で食事に出かけているのよ」

「へえ、ジムも意外とやるね」

　赤くなった母を見て、やっとジャックは事情がのみこめた。「すごいな、母さん。本当によかった。ジムも喜んでいるんじゃないかな」

「結婚するつもりはないのよ」なにかたくらんでいるような小声で、母はささやいた。「ジムとはただ一緒にいたいだけ」

「幸せそうな母さんを見るのは何年ぶりかな」

母は青い目を輝かせた。

驚いたことに、顔を上げたエレノアはまっすぐにジャックを見つめた。「じゃあ、お化粧をしてくるわね、ジャック。ここでコーヒーを飲んでいてかまわないけれど、ジムが迎えに来る前に帰ってくれるとありがたいわ。だって、あなたはきっと彼に変なことを言うでしょう?」

「えっ、僕が?」彼はこらえきれずに微笑した。

「そうよ、すごく無愛想なときがあるもの」

「嘘だろう、この僕が?」ジャックは今や歯を見せて笑っていた。

「まったくもう」あきれたようにくるりと目をまわし、母は息子の頭にキスをした。「あなたはいい子だし、心から愛しているわ。でも、今度来るときには先に電話をちょうだい。誰かが家に来ているかもしれないいし、あなたをびっくりさせたくないわ」

十分後、母の家を出たジャックはにやにやするのをやめて、またしても考えはじめた。母とジムのことではなく、自分とビビアンのことを。

夕方の渋滞に巻きこまれてシドニーのアパートメントまでのろのろと車を走らせながら、ジャックは今日一日の出来事を振り返った。やはりビビアンにした別れ際のキスで、すべてがはっきりした。明日、ビビアンをフランセスコ・フォリーに連れていけば、せっかく一緒に仕事をすることで築いてきた彼女との信頼関係がだいなしになる危険がある。

そうなっては困る。ビビアンは大切な仕事仲間で、尊敬できる女性だ。しかし彼女のせいで、僕はどうしようもなく欲望を呼び覚まされている。レストランでは静められたと思ったが、ビビアンにキスしたとたん、また地獄の扉が開いた。

「地獄よりもっと悪い」ジャックは声に出してつぶ

やいた。唇が触れると同時に、彼女を抱きすくめてまともなキスがしたくてたまらなくなり、衝動を抑えるには意志の力を総動員しなければならなかった。次に同じことが起きたら、もう自分をコントロールする自信はない。

もちろん、もう一度ビビアンにキスをするほど愚かではないにしても、キス以上のことがしたくて悶々(もんもん)とするなら苦しいのは同じだ。

明日、一日じゅうズボンの前を気にして過ごすのは避けたい。今夜はクラブにでもくり出して、見知らぬ女と一夜を過ごそうか。

そんなことを考えれば、昔のジャックなら興奮したかもしれないが、今はうまくいかなかった。本音を言えば気心の知れた、好きと思える相手とすばらしいセックスがしたい。すばらしい緑色の目をして、とび色の髪を長く伸ばし、とてつもなく美しい胸を持つ女性をベッドに連れていきたいのだ。

ジャックはハンドルに両手を打ちつけて、悪態をついた。

ハーバーブリッジを渡る間じゅう欲求不満はつのり、家に着くころにはすさまじい状態になっていた。帰るなりジャックは服をはぎ取って熱いシャワーに飛びこみ、しばらくすると、凍えるほど冷たい水に体の感覚がなくなるまで打たれた。それでも頭を冷やすことはできず、やはりビビアンが欲しくてたまらない。これほど激しい欲望は、今までどんな女にも抱いたことはなかった。

望みをすべてかなえてきた男にとって、欲しいものが手に入らないのは耐えがたく、現代人でなければよかった、とジャックは思った。そうすれば文明や社会の常識にとらわれずにすむ。原始人なら、気に入った女がいれば、状況や相手の意思など無視して自分のものにしただろう。

そんなことをビビアンにしたらどうなるかと想像

して、ジャックは笑った。法の裁きを待つまでもなく、たちまち彼女に命を奪われるに決まっている。ああ、ビビアンを自分のものにできるなら、僕はなんでも差し出すのに。一度だけでは足りない……いつでも何度でもベッドをともにしたい。

シャワーから出て腰にタオルを巻いたあと、ジャックは二つのことを決心した。第一に、今夜は見知らぬ女をベッドに誘ったりしない。そんなことはまっぴらごめんだ。第二にどれほど時間がかかろうが、なにを犠牲にしようが、自分の願いは必ずかなえてみせる。いつかきっとビビアン・スワンを愛人にするのだ。

7

「早かっただろう?」サングラスをして、ジャックはポルシェの強力なエンジンをかけた。「言ったとおり、ドアの修理業者は時間ぴったりに来たし」

冷ややかな笑みを向け、ビビアンもサングラスをかけた。十四時間たっぷり眠って今朝は六時に目覚めたので、頭はすっきり冴えている。もうおろおろしたり、ダリルの嘘に傷ついたり、ジャック・ストーンに奇妙な妄想を抱いたりするものですか。

さっきは玄関を開けてジャックを見るなり、昨夜は愛人と過ごしたのかしらとか、ほかの部分も指みたいに太いのかしらとかと想像しなくてよかった。

それにしても、今日のジャックはなんてすてきなのだろう。ぴったりしたジーンズをはき、白いTシャツの上に紺色のジップアップジャケットを着た姿はたまらなく魅力的だ。それでも彼が業者に壊れたドアを見せようとかがんだときでさえ、ビビアンは変な気分にはならなかった。

そのうえ、二人きりで大丈夫かと気をもむこともなく、こうしてすてきなスポーツカーの助手席にゆったりリラックスしながらおさまっている。やっといつもの自分に戻れたんだわ! 「今度どこか壊れたら、あなたに電話するわね。信頼できる業者を知っているようだから」

「いつでもどうぞ」

ジャックらしくないやさしい言い方に、ビビアンは眉をひそめた。きっと昨日と同じで、これもただの親切心だ。いつもの無愛想で事務的なジャックのほうがありがたいのに。そうすれば昨日のような妙なことにならずにすむ。

「個人的な質問をしてもいいかな?」

ビビアンはけげんな顔をした。「どんな質問?」

「ダリルのことだ」

「ダリルがなに?」

「彼とは一度、君の会社のクリスマスパーティで会っただけだが、あの男のどこがよくて恋に落ちたんだ?」

ビビアンははっとした。ダリルにそうなるよう仕向けられたのではと、彼女も考えたことがあるからだ。「あの人のことが気に入らないみたいね」

「まあね」

「でもどうして? あの夜は、ほんの少し話しただけでしょう」

ジャックは肩をすくめた。「どんなやつか、ちょっと話せばたいていわかる」

「じゃあ、ダリルのことはどう思ったの?」

「あいつは口がうまくて、人に取り入るのがうまい、まったく信用できない男だ」

「まあ！　そこまで嫌いなのね」

「そうだ。君は違うようだが」

「ええ……彼を愛していたわ」

愛していた、と過去形で言われたのがジャックはうれしかった。くだらない男と結婚するところだったと気づいてくれれば、さらにいい。ビビアンがあんな男をさっさと忘れて前に進んでくれない限り、自分にチャンスはまわってこない。

ジャックは待たされるのが嫌いな男だった。そして中性的な黒のパンツスーツを着て、また髪をアップにしているビビアンを見ても、欲望は少しも薄らがなかった。学生のような白いブラウスの下に、どんなものが隠されているかよく知っているからだ。

「でも、なぜだ？」彼は質問をやめなかった。「ダリルのどこがよくて愛していたのかな？　ハンサムというだけが理由じゃないだろう？」

「違うわ」ダリルはただのハンサムではない。ものすごい美形だった。「私によくしてくれたからよ」

「君が喜ぶことばかり言ってくれるとか？　詐欺師はみんな口がうまいからな」

「そうね」たしかにダリルのほめ方は大げさだった。私は驚くほどの美人でも、料理の達人でもない。別れた婚約者の正体を見た気がしてふたたび怒りがわき、ビビアンはダリルにというより自分に腹をたてた。あんなくだらない相手に夢中になるとは、私は救いようのないばかだ。結婚式の準備なんてしなくてよかった。ひょっとして心のどこかでは、ダリルとの結婚は実現しないと気づいていたのかもしれない。「ダリルの話はやめてくれない？」少々きつい声で、ビビアンは言った。

「すまない」ジャックが謝った。「ずっと黙っていようか？　先は長いから、退屈かもしれない。ラジオでもつけるか、それとも音楽がいいかな？　曲を入れたメモリースティックを持ってきたんだ」

「どんな曲？」ダリルのことは考えたくないと思いながら、ビビアンは答えた。あんな男、思い出す価値もないわ。

　別れた婚約者を話題にしたのは失敗だったか、とジャックは考えた。まだあんなやつへの思いが消えないらしく、ビビアンはぴりぴりしている。よほどベッドで女を喜ばせるのがうまかったのか？　だったらなんだ？　自分も負けてはいないはずだ。

　ビビアンさえその気になれば、朝には満ち足りた気分にさせる自信はある。だが誘惑はしない。耳に心地よい言葉を並べて女をたぶらかすのはダリルの専売特許であって、僕は白は白、黒は黒とはっきり言う。女に美しいと言うのも、本当にそう思ったときだけだ。嘘つきや調子のいいやつは大嫌いで、無駄口はたたかず行動する。それが僕のやり方だ。

　しかし、ビビアンが相手だと勝手が違ってくる。昨日も誰にも言わないようなことを話してしまい、我ながら驚いた。家族のことや、母の問題まで話すとは。そういえば……。

　音楽をかけるのはやめて、ジャックは会話を続けることにした。「うちの母に信じられないことが起きたんだ」

　急な話の展開に驚いたのか、ビビアンがぱっとジャックの方を振り返った。「あの……お母さんがどうかしたの？」

「隣の家の男とまずい仲になったらしくて」

「まあ！　まさか、お母さんはその人の奥さんと親友じゃないでしょうね。困ったわね」

「違うんだ。ジムの奥さんは最近亡くなったから」

「それなら〝まずい仲〟とは言わないでしょう？　やましいことをしているわけでもないのに」

「ああ、それなら〝いい仲〟と言うべきかな。ともかく母は浮かれているんだ。愛している、とまではいかないらしいが」

「どうしてわかるの？」

「母がただの友達だと言ったからだ。それでも、あんなに幸せそうで誇らしげな母は初めて見たよ。最初はショックだったが、考えてみれば、母にはもう何年も楽しいことがなかった」

「お母さんのこと、いつわかったの？」

「昨日だ。君を送ってから母の家に寄った」

ビビアンの笑顔が、ジャックはうれしかった。

「いつも気にかけているなんて、お母さんを愛しているのね」

「親が一人暮らしだと心配だろう？　精神的に不安定なら、なおさらだ」

「そうね、わかるわ」

その言葉にかすかな皮肉を感じるのは、ビビアンにも未亡人になった母親がいたということだろうか？　それとも離婚した母親か？　そういえば、ビビアンは最近遺産を相続した、とマリオンに聞いた。いったい誰が亡くなったのだろう？　刺激したくはないので、ジャックは慎重にきいてみることにした。

「そういう親に君も覚えがあるような言い方だね」

「そうよ、私の母も同じだったわ。若いころに父に離婚されて、ずっと立ち直れなかった。二年前に亡くなったけどね、心臓発作で」これ以上詮索されないように、ビビアンは死因まで言い添えた。母が死んだ本当の理由を明かせば、パンドラの箱を開けることになる。それだけは避けなくては。

「悲しいね、ビビアン。で、お父さんは？」

「私が六歳のときに家を出ていってからずっと会ってないわ。外国に行ったきりなの」

よほどショックだったのか、ジャックが横目で彼女の顔をうかがった。「信じられないな、そんな親がいるなんて」

父がそうしたのにはわけがあったのだが、言えばパンドラの箱に手をかけることになる。

ビビアンはただ肩をすくめた。「それでもお金に困らないようにはしてくれたわ。結婚して十年の間に買ったものは全部母に残したの。家も家具も、二台の車も。私が十八になるまでは養育費もくれた」

「当然だ」ジャックは怒っている。「それに父親なら、まめに連絡する。きょうだいはいないのか？」

「いないわ」思い出したくない記憶に胸が痛んだけれど、ビビアンはなんでもないふりをした。

ジャックが首を振る。「家族を捨てるなんて信じられないな。子供を愛せないのにどうして持とうとするんだ。おい、危ないな！　今の見たか？」彼がいまいましげにハンドルをたたく。「もう少しであの四駆のアホにぶつけられるところだったよ」

ビビアンは話をさえぎってくれた〝四駆のアホ〟に感謝し、すかさず話題を変えた。「ポートステファンズまであとどれくらい？」

「そうだな……今八時だから、もうすぐ高速に乗って、そこから二時間半かな。先週の日曜はどこにも寄らなかったからそうだったが」

「今日も直行していいわよ。今朝はたっぷりオートミールを食べてきたから、お昼まで大丈夫」

ジャックが目を丸くした。「偶然だな。僕も同じものを食べたんだ。あれは本当に腹もちがいいよな。それでも、レイモンドテラスあたりでコーヒーでも飲もう」

「それ、どこなの？　行ったことがなくて」

「本当か？」

「旅行はほとんどしないの。オーストラリアから出たこともないわ」シドニーから出たこともないが、面倒な話になりそうなので黙っていた。

「僕もあまり旅行はしない」ジャックが言った。「休暇が取れたときは、飛行機ですぐに行けるバリやバヌアツ、フィジーに飛ぶくらいだ。だが知ってるだろう、僕はいつも仕事、仕事だからね」

「少しペースを落としてゆっくりすれば？」

「僕もそう思うよ。だからフランセスコ・フォリーを買ったんだ」

「フランセスコ・フォリー」ビビアンがしみじみと屋敷の名前を呼ぶ。「名前の由来は知ってるの？」

「不動産会社の話では、フランセスコというのは七〇年代の終わりに屋敷を建てたイタリア人の名前らしい。〝道楽（フォリー）〟の部分は見ればわかる。大家族の長だった彼は、そのほとんどに先立たれたあと、数カ月前に九十四歳で亡くなったそうだ。遺産をもらった二人のひ孫はクイーンズランドに住んでいて、屋敷を売りに出した。それで僕のものになったんだ」

「早く見たいわ」ビビアンが言った。

「僕も早く君に見せたいよ」ジャックは答えた。

8

ニューカッスルの北のパシフィック・ハイウェイで三十分ほど休んだので、到着は遅れそうだった。ジャックが受け損なった仕事の電話を何本かかけ直す間、ビビアンは電話でマリオンとのおしゃべりを楽しんだ。友人は〈クラシックデザイン〉に復帰はしなくとも、やっと元気になって働く気になったビビアンのことを喜んでくれた。

レイモンドテラスを出た二人は、ポートステファンズでいちばん大きな港町ネルソンベイに四十分かけて行き、そこで不動産会社から鍵をもらった。フランセスコ・フォリーはソルジャーズポイントのそばにあるので、美しい景色を見ながらのドライブは楽しかった。だがいよいよポルシェが敷地内に入ると、ビビアンは早く屋敷が見たくてたまらなくなっていた。

目の前に現れたのは、驚くべき屋敷だった。丘の上には、途方もなく巨大な二階建ての豪邸がそびえている。サーモンピンクの壁面を持つ地中海様式の建物には、今までに見たどの修道院や美術館よりも多くのアーチや円柱が使われていた。

「すごいわ！」ビビアンは叫んだ。

ポルシェは長くて急な坂をのぼっていく。

ジャックがにやりと笑って彼女を見た。「ちょっとしたものだろう？」

「オーストラリアらしい別荘とはまるで違うわね。トスカーナ地方の邸宅とギリシアの宮殿を合わせたような奇抜な建築だわ。中はどう？」

「古くてかなり傷んでいる。だから君にリフォームを頼みたいんだ。僕がここにずっと住めるように。だが、ビビアン、あそこは景色がすごいんだ。見たらびっくりするぞ」

近くで改めて屋敷の大きさを確認したとき、ビビアンは言った。「ジャック、なんなの、この広さは！　こんな大きな家を買うなんて本気？　フランセスコのような大家族ならいいかもしれないけど」

ジャックは肩をすくめた。「二人の妹に合計五人の子供がいるし、母には恋人がいる。みんなでここを使えばいい。しかし正直に言うと、家族のためというよりは、自分のためにこの家が欲しいんだ」彼が屋敷を指さした。「あのバルコニーに出たとたん、ここに住もうと決めたんだよ」一階にも二階にも、建物と同じ幅のバルコニーがついている。「毎日は無理でも、休日くらいは来たい。頭がおかしいと思うか？　だがどうしてもそうしたいんだ。それにもう手遅れだよ、ビビアン」ジャックは車を屋敷の裏に進めた。「もう買うと言ってしまったんだから」

建物をまわりこむとガレージがあり、その先が巨大な真鍮（しんちゅう）の二枚扉と鍵で守られた玄関だった。舗装された私道は中庭に入ると砂利道に変わり、ポルシェのタイヤは小石を踏みしめつつ、何台でも車を置けそうな大きなガレージの前でとまった。

「車に置いておけばいい」バッグに手を伸ばしたビビアンに、ジャックは言った。「電話がかかってくるとじゃまだから。僕のも置いていく」

「でもカメラは？　写真を撮ろうと思ったのに」

「それはあとにして、まず君の目で見てほしい」

ビビアンは言うとおりにした。仕事を引き受ければ、また我慢することが多くなりそうだ。やっぱり、ジャックの支配欲の強さは相当なものだわ。真鍮の二枚扉の鍵を開けるときも下がって待つように言われ、ビビアンは苦笑した。

二枚扉を大きく押し広げてからも、ジャックはまだ中を見せようとしなかった。「まず、君に嘘（うそ）つきと言われる前に」彼が言った。「玄関ホールはそう悪くないだろう？」

ビビアンは笑いそうになった。〝悪くない〟どころか、見事なものだ。ドーム形の天井にイタリア産の大理石の床、両脇には優雅な曲線を描いて二階へと続く階段がある。まっすぐ奥を見ると、神殿のような円柱が並ぶアーチ天井の広い廊下があり、その向こうに巨大な室内プールがあった。プールはさらに奥のアーチ天井の廊下を経て太陽が輝く屋外プールへと続き、きらめく水面がどこまでも続いているように見える。

「すごいわ」まともな言葉が出てこない。

「ハリウッドの豪邸もかすむようなプールだろう？」ジャックが言った。「だが太陽熱温水器の設備がないから、直すつもりだ。それは別の業者に任せるとして、君に頼みたいのは部屋の内装だよ。かなりの数があるがね。プールの両側は、それぞれ三つ寝室がある独立した住居になっていて」ジャックはビビアンの手を取って、プールの左脇を進んでいた。「フランチェスコは数年間、夏用の別荘として貸していたらしい。しかし病気になるとそうするのをやめて、二階に生活の場を移したそうだ。だから、一階部分の痛みがひどいんだろう」

「そうでもないわ」ビビアンはインテリアデザイナーらしく中を見まわすことで、ジャックに握られている手を意識しないようにした。なにげなく手を引き抜くチャンスをうかがっていると、逆にぎゅっと力を入れられ、息をのむ。電流のような激しいショックが体じゅうを駆けめぐり、彼女は胸の先と下腹部がこわばるのを感じた。

せっかくどうしようもない欲望をコントロールできたと思っていたのに！

「内見に備えて、不動産会社が業者に頼んで掃除させたらしい」あわてるビビアンにも気づかず、ジャックは彼女の手を引いて歩きつづけた。「目ぼしい家具がひ孫たちによって持ち出されたせいで、部屋が寒々としているのも買い手がつかなかった理由だろう。もっとも、おかげで僕は安く買えたわけだが。まあ、そんな話はいいとして、景色を見に行こう」

太陽の光が降り注ぐバルコニーに出ると、ありがたいことに、ジャックがビビアンの手を放した。ビビアンはすばやく彼から離れてバルコニーの端まで行き、まるで命綱でも見つけたように鉄製の手すりを両手でしっかりとつかんだ。

下を見ると、本当に命の危険を感じた。手すりの向こうは断崖絶壁だったのだ。

だが少し視線を上げると、ジャックの言ったとおりのすばらしい眺めが広がっていた。

大げさではなく、今まで見たこともないような景色だった。大自然の美しさはもちろん、右も左も、どこまでも地平線を見渡せる解放感がたまらない。

まるで山の頂に立ち、入り江や町を見おろしているかのようだ。知らなかった……ポートステファンズがこんなに大きな町だったなんて！　そしてなんという美しい青！　春の空は雲一つなく澄み渡り、海は鮮やかな空を映して揺れている。青に染まる自然の大パノラマを目の前にして、ビビアンは息をするのも忘れていた。

それでも、さっきジャックに手を握られたショックは消えることがなかった。

手をつないだくらいで体が反応してしまうことに驚き、ビビアンは打ちのめされた。もしジャックにキスをされたり、親密に触れられたりしたらどうなるか……想像しただけでぞっとする。

彼がそんなことをするはずはなく、心配はいらないとわかっているのに、官能的な震えが背筋を伝うのをとめられなかった。ジャックが隣に来たので、ビビアンは手すりを握る手に力をこめた。

「どうだ？」彼が得意げに尋ねる。「信じられないほどきれいだろう？」

ビビアンは奥歯を噛みしめてジャックを見つめた。「言葉にできないくらいきれいだわ」体がぞくぞくするのに、静かな声が出せたことを彼女は誇りに思った。サングラスをしているおかげかもしれない。

「私もお金があったらここを買いたいと思うでしょうね。こんなにすてきな景色を見たら」

「二階からの眺めはもっとすごいんだ。行ってみるか？」

なんて答えればいいの？〝やめておくわ、ジャック〟とか、〝悪いけれど、この仕事はやっぱり引き受けられないわ〟とか？　理由をきかれたらどうする？　まさか本当のことは言えないわ。ギリシア神話でトロイのパリス王子がヘレネを見て危険な欲望に取りつかれたように、私もあなたが欲しくてたまらないのよと告白する？　そんなことをしたら、頭がおかしいと思われるに違いない。ええ、そうよ、私の頭はすっかりどうかしてしまったのよ。「二階の住居部分を先に見たいわ」ビビアンは言った。

「それはあとでもいい。さあ、二階へ行こう」

「お先にどうぞ」ジャックが手をつなごうとする前に、ビビアンは言った。「あとをついていくから」

しかし、彼の後ろを歩くのも楽ではなかった。形のいいヒップに目がいってしまい、階段をのぼるときにはつらくなって、ビビアンはしかたなく自分の足元を見つめながら歩いた。二階に着くと広い半円形の空間があり、天井には精巧なカットを施したクリスタルのシャンデリアが飾られていた。

「フランセスコはここに絵を展示していたらしい」ジャックは、額がかけられていた跡のある浮き彫り模様の壁紙を示した。「だがごらんのとおり、絵はすべてなくなっている」

「あなたもここを同じにしたいの?」仕事の話に集中したくて、ビビアンは尋ねた。

ジャックは肩をすくめた。「任せるよ。君がいいと思うものは、僕も好きだから」

困ったわ。だんだん逃げられない状況になってきた。本当はこの仕事がしたくてたまらず、私の手でフランセスコ・フォリーをジャックが気に入るような屋敷にしたい。なんといっても、彼が私の実力やセンスを信じて一任してくれることがうれしいし、屋敷そのものにもすばらしくやりがいがあるから。それでも今回の依頼を引き受けてはいけないのだ。そんなことをしたらろくな結果にはならないと、頭と体の両方が訴えている。

「こっちだ」ジャックは半円形の壁の中央にある二枚扉を開き、右手で部屋の中を示した。

彼の前を素通りし、大きな長方形のリビングルームに入ったビビアンは、きちんと改装すれば部屋はすばらしくなると確信した。頭の中でひどい壁紙をはがして白くぬり替え、古い調度品の代わりにモダンな家具を並べる。奥の大理石の暖炉は残すとして、ほかはすべて取り払おう。とくにバルコニーに出るガラスの引き戸にかかっている、分厚いブロケード織のカーテンは絶対にはずさなくては。

「さっそく作業が始まっているみたいだな、ビビアン」ガラスの引き戸に向かって歩くジャックがほほえんだ。「だが、まずはこれを見てくれ」

ビビアンが立っているところからでも、下のバルコニーで見たよりもさらに美しい景色は見えた。しかし外に出るには、引き戸の前で待っているジャックのすぐ横を歩かなくてはならない。注意深く彼のそばを通り抜けたビビアンは、地獄の追手から逃れるようにバルコニーで急ぎ足になった。だが手すりに手をかけて体をあずけたとたん、とんでもないことが起こった。

9

ジャックの目の前で手すりが崩れ落ち、ビビアンが悲鳴をあげた。あまりの恐怖にアドレナリンがわきあがり、ジャックは驚くような速さで駆け寄ると、腕を振りまわしてなんとかバルコニーに踏みとどまっていたビビアンのサングラスに手を伸ばした。

ビビアンのサングラスがはずれ、崖下に落ちていく。ジャックがとっさにつかめたのはジャケットの裾だったが、落ちそうになるビビアンをかろうじて引きとめることはできた。それからしっかりと彼女の腰を抱き、危険きわまりない場所から引き離す。

ジャックに倒れるように寄りかかったビビアンは、叫ぶのをやめて息をしようとあえいでいた。もっと安全なところへと彼が体を引っぱるうちに、ビビアンはひどいショックのせいか、ヒステリックに泣きはじめた。

今度はジャックもためらわず、ビビアンの震える体を両腕でしっかりと抱きしめた。

「よしよし」片手はウエストにまわしたまま、もう一方の手でやさしく彼女のうなじをさすって、ジャックはささやいた。「もう泣かなくていい。大丈夫だから」

だがビビアンは顔を上げようとせず、いつまでも泣きつづけていた。死から逃れた安堵(あんど)の気持ちが、今まで封じていたいろいろな感情を一気に呼び覚ましたのかもしれない。最近味わったダリルとの悲しい別れも、涙の一因なのだろう。

そうはいっても、ビビアンをきつく抱いているせいで、ジャックの体は安堵とはほど遠い状態にあった。飢えたような反応を静めようと思うのに、まったく言うことをきかないのだ。突き放せと理性は命じているが、悲しげにすすり泣くビビアンにそんな薄情なまねはできず、下腹部の変化に気づかれないようにと祈るばかりだった。

だが、事態はさらに悪くなった。ビビアンがジャックの胸の上に置いていた腕を引き抜き、彼の背中をしっかりとかかえて、顔を顎の下にうずめたのだ。するとやわらかな胸の感触だけでなく、吐息のぬくもりまでもがじかに肌に伝わってくるようになった。

ビビアンがやっと泣きやんだのに気づいたジャックは、下腹部を引き離そうとしたが、彼女がしっかりとしがみついているせいでできなかった。

「ビビアン」少しいらだった言い方になる。

涙で濡(ぬ)れた顔を上げた彼女は、どきりとするほど美しかった。そして魅惑的な緑色の瞳が不思議なくらいじっとジャックを見つめたかと思うと、驚くべきことが起きた。ジャックの肩に両手を置いたビビアンが爪先立ちになり、ぴったりと唇を重ねたのだ。やっとのことで彼が頭を後ろに引くと、ビビアンはだらりと両手を下ろし、その場に崩れ落ちた。床に膝をついて座りこんだ彼女は、顔をくしゃくしゃにしてジャックを見あげた。

「ごめんなさい」声を絞り出す。「私はてっきり……勝手に思いこんで……いいの、間違いだから」

ビビアンはふらふらと立ちあがり、あとずさりをした。うなだれた顔はとても悲しげだ。

「君は間違っていない、ビビアン。昨日、浴室で裸を見たときからずっと、僕は欲望と闘っているんだ。自分でも驚いているが、認めるよ、僕は君が欲しくてたまらない。だから今すぐベッドに連れていきたくても、こんな形ではいけない」

彼女がびっくりした目でジャックを見つめた。

「こんな形とはどういうこと?」

ジャックはサングラスを頭の上に押しあげ、ため息をついた。「さっき君はキスをしたが、あれは僕だからしてくれたんじゃない。死ぬような危ない目にあった反動で、とっさにしたことだ。生きているという実感が欲しかったんだろう」

「違うわ」ビビアンはむきになって否定した。「キスはあなただからしたのよ」

ショックで言葉が出てこず、ジャックはただ彼女を見つめた。

「私もあなたが欲しくてとまどっているの」ビビアンは思いきって告白した。「ここまで打ち明けたから言うけれど、昨日までの私はあなたを好きですらなかったわ。変なのよ。あなたを見ると、おかしなことばかり想像してしまうの」

「おかしなこととはどんな?」

ビビアンが首を振る。「よく……わからない。自分でもはっきりしなくて。でも、あなたにどうしようもないほどベッドに連れていってほしいと思っているのは確かだわ」

ジャックはやっとのことで理性を保っていた。その言葉にのってさっさと行動するのは簡単だが、ビビアンとなにかしらの関係を築きたいなら、今の弱っている彼女の心につけ入るべきではない。主寝室にキングサイズのベッドがあるのは知っているが、急いで体を重ねたところで、ビビアンが後悔する結果になるだけだ。どんなに本音では即座にそうしたくても。

「困るな、ビビアン。そんなことを言われたら」

「どうして？　本当のことよ。頭がどうかしているとは思うけれど、真実だからしかたないわ」

頭がどうかしている？　それはないだろう。ジャックは不満に思った。

「キスして、ジャック」ビビアンが懇願する。「お願いだから」

なんてことだ。ジャックの脚のつけ根が痛いほど張りつめた。「キスをして、それだけですむと思うのか？」

黙ったまま目を閉じたビビアンが、途方もなく魅惑的にそっと唇を開く。

うなり声をあげたジャックは、彼女を抱き寄せた腕に力をこめると、顔を近づけた。

やさしい愛にあふれたキスではなく、荒々しくむさぼるようなキスだった。ジャックはビビアンの頬を両手でしっかりと挟み、無慈悲な征服から逃れられなくしていた。

といっても、ビビアンに逃げる気などなかった。ジャックの唇が迫ってきて激しく重なったとたん、彼女は服従のうめき声をもらし、とろけるように体をジャックにもたせかけた。やわらかな腹部が硬い体に押しつけられる感触はジャックの情熱の火に油を注いだようで、歯を立てられた彼女の唇が腫れて熱を持つ。その焼けるような口に彼が舌を這わせ、ついに中をさぐり出すと、ビビアンはふたたびうめき声をあげた。

しっかりと閉じたビビアンの唇に舌をとらえられ、ジャックの腹部に力がこもった。こんなことを体の別の部分にされたらどうなるのだろう？　だが、近いうちに味わうことになりそうだ。うわべは冷静でも、ビビアンは熱いものを内に秘めている。セックスが好きで、ベッドをともにする相手を必要としていて……愛人にするには最高の相手だ。彼女が望むなら、恋人にしてもいい。定期的に楽しめるのなら、どちらでもかまわない。

ジャックが唇を引きはがすと、ビビアンがまた声をもらし、緑色の瞳を輝かせてうっとりと彼を見つめた。

「なにも言わなくていい」ジャックは言った。「これで終わりというわけじゃない。ただ、二つだけはっきりさせておきたいことがあるんだ」

ビビアンは黙っている。先ほどのキスに言葉を失っているならうれしいが、とジャックは思った。

「僕は一夜限り……というより、今日だけの関係では終わらせたくない。君のことが心から好きだからもっと深く知り合いたいんだ、ビビアン。だが君にその気がないなら、先のことは考えないようにする。つき合いを続けるほど僕を好きじゃないと言うなら、一度関係を持ったあとは、別々の道を進もう。なぜならいとしいビビアン、僕たちが一線を越えてしまったら、深い関係を続けながらでなければ一緒に仕事をする仲ではいられないからね」

これはセクシャル・ハラスメントでも脅迫でもないと、ビビアンにはわかってほしい。僕は心のままを語っているのだ。そもそも、僕は彼女のボスではない。だが、もしベッドの上で彼女のボスになれたらどんなにいいか！

どんな要求も受け入れるビビアンのなやましい姿

が、ジャックの頭の中には渦巻いていた。いつでも望みのままに愛撫してくれる彼女、そしていろいろな場面で特殊な要求に応えてくれる彼女、どれもばかげた妄想だ。どれほど情熱的だとしても、ビビアンは喜んで服従するタイプではないだろう。いや、本当のところはどうだろうか？　ベッドの上では別かもしれない。

さっきの会話で少し勢いをなくしていた体の高ぶりが、たちまち力を取り戻した。

「すぐに答えてくれとは言わない」黙ったまま顔を赤らめているビビアンに、ジャックは歯ぎしりするように言った。「あとで話してくれればいい」もはや一秒も待てず、ジャックは彼女を抱きあげて主寝室に向かった。途中、サングラスが頭から落ちたが、とまって拾おうともしなかった。

10

ジャックの首に腕をまわし、顎の下に顔をうずめたビビアンの頭の中には、矛盾する考えが渦巻いていた。かすかに残った理性は、今すぐ彼をとめなさいと命じている。ジャックのことはかなり好きだけれど、彼とベッドに行くのはよくない……そうでしょう？

だが理性の声は欲望に勝てず、興奮と快楽を予感して、自分を制する気持ちもかき消えていた。さっきの情熱的なジャックのキスは、ベッドでの喜びを約束しているみたいだった。きっと我を忘れるような、ずっとひそかに憧れていた経験が待っているに違いない。なにもかも忘れて官能にふけるなど、今までならしなかったことだ。

　二十一までバージンで、初めての経験に胸がときめくこともなく、ベッドの上では恥ずかしがり屋で不器用だった自分が、ジャックの腕の中でなら別人になれそうな気がする。激しく、奔放で、ちょっと悪い女に。ビビアンはうっすら唇を開き、彼の首筋にあてて、ゆっくりと吸いはじめた。自分の大胆さに、心臓は激しく打っていた。

　うなったジャックが頭を傾けると、まるで血に飢えた吸血鬼のように、彼女は唇をさらに強く彼の首に押しつけた。

　ジャックが首をのけぞらせたかと思うと、広い部屋の真ん中にビビアンを無造作に下ろした。そこにある家具といえばまだ新しい大きなベッドだけで、水色の古ぼけたカーペットと色あせた花柄の壁紙に囲まれて、赤と白の縞模様のベッドカバーが奇妙に浮きあがって見える。少しかびくさいが驚くほど暖かいのは、海を望むバルコニーに出られるガラスの引き戸越しに朝日がたっぷり差しこむせいだろう。

　ジャックはその引き戸を一箇所開け、ビビアンの方を振り返ると頭を振った。

「なんのつもりだ？　僕には仕事があるのに、キスマークなんかつけて」

　恥じらってもよさそうなものなのに、今のビビアンはなにかを超越していた。「あなたのキスマークをからかう部下なんかいるかしら？」

　ジャックがふっと笑った。「君は男をよく知らないらしいね」

「たぶん」自分のことすらわからない、とビビアンは思った。この大胆で奔放で……わくわくしている私はどこからきたの？

「まあ、いい」ジャックはいかにも男らしい仕草でジャケットを脱ぎ、カーペットの上にほうった。

「襟の高いシャツを着ればいいか。だが頼むよ」T

シャツから腕を抜きながら、彼が続ける。「そのセクシーな唇に、吸うなら服で隠れる部分にしろと言ってくれるかな」

「わかったわ、ボス」ビビアンは目の前の見事な体に見とれていた。肩はがっしりと広く、腕には筋肉が盛り上がり、形のいい胸はよく日に焼けていて、胸毛が六つに割れた腹筋から下へと細く続いている。腰は引きしまっているものの、ジーンズをはいた腿は太くてたくましい。

そして別の部分も……。

大きな男は好きになれない、とずっと思っていた。威圧感があっていやだからだ。

でもね、ビビアン、それは大間違いだわ！

ジャックがジーンズのボタンをはずし、ジッパーに手をかけると、ビビアンの胸の鼓動がとまった。

「君も脱げばいい」ジーンズから足を抜き、興奮もあらわな黒い下着姿で、ジャックが言った。「恥ずかしいなんて言うなよ、ビビアン。君も僕も知っているじゃないか。本物の君は、仕事のときのお堅いイメージとは別人の情熱的な女だろう？」

全身が急に熱くなり、顔を赤くしたビビアンは大きく息をのみこんだ。

ジャックが気取った笑みを浮かべる。「なるほど。見るのが好きなのか。僕はかまわないよ」そう言うと、彼は残った小さい布を脱ぎ捨てた。

嘘でしょう……。今までは、ダリルをすごいと思っていた。

だけどジャックに比べたら……いいえ、まったく比べものにならないわ！ ジャックが裸を見られても平気でいるわけがわかった。それにしてもすごい体だ。ビビアンはあがめるような目で、彼の頭から爪先までをもう一度眺めた。

「そんなに見るのが好きなのか？」ジャックが床に落としたジーンズのポケットから財布を引っぱり出

した。「僕はあまり見て楽しむタイプじゃないが、君は特別だよ、いとしいビビアン」

避妊具を出して財布をジーンズの上にほうり、ベッドに向かってくるジャックを見て、ビビアンは動転した。彼はベッドカバーの上に横たわり、小さな銀色の包みを胸に落とすと両手を頭の後ろで組んだ。体の中心は高ぶっていながら、自分が全裸とは思っていないようなふるまいだ。

「よし、服を脱いでくれるか？　ゆっくり頼むよ。じっくり楽しみたいから」

ところがビビアンはぴくりとも動けず、口の中はからからだった。ジャックがそんな彼女を見据える。

「どうしたんだ、さあ、早く。僕は待たされるのは苦手なんだ。知っているだろう？」

それでも彼女がためらっていると、新しく目覚めた不道徳な自分の声がした。

そうよ、ビビアン、なにを待っているの？　本当はジャックの前で脱ぎたいくせに。昨日みたいに、ジャックがその胸に見とれる姿を見たいんでしょう？　あの厳しい青い目が欲望にきらめくところも。なにより、あなたはベッドの上でいつも感じている劣等感を捨てたいはずよ。彼が考えるように、熱いあなたを見せてあげればいいわ。脱ぐなら今よ。

ビビアンはジャックに命じられたとおり、ゆっくりと震える手でジャケットを脱いだ。そのまま床に置くのはきれい好きには抵抗があったものの、部屋には椅子一つないのだからしかたない。けれどジャケットを指からカーペットに落とすと、なんだか不思議な解放感に包まれた。シャツのボタンにかけた手は、驚いたことにもう震えていない。息が荒くなるのは、緊張のせいではなく気が高ぶっているせいだ。一つボタンをはずすたびに、ビビアンはジャックの目を見つめた。もちろん彼の青い目は、彼女の胸に釘(くぎ)づけだ。

ジャックが好みそうな、胸を強調するレースのハーフカップブラではなく、白いコットンのぴったりしたブラをしているのをビビアンは残念に思った。外見はいかにも冷静そのものといったキャリアウーマンなのに、中身はセクシーで情熱的な女、というジャックの期待に応えるなら、ここはとびきりセクシーな下着姿を見せたいところだ。

自分でもそんな女には憧れるけれど、彼は思い違いをしている。それでも、このつまらない下着を取れば、ジャックのお気に入りの豊かな胸があらわになる。昨日、うっとりと見とれていた彼の顔を思い出すと、少しも恥ずかしくない。すごいことだわ！

ブラウスを腕から抜いて床にそっと落とす間も、ジャックは胸から目を離さない。コットンのブラを見ても彼の顔色は変わらなかったが、ビビアンはさっさと味気ない下着を脱ぎ捨てた。するとジャックが目を細め、かすかに口を開いて乱れる息を吸い、そしてゆっくりと吐いた。

「世界一美しい胸だと、人に言われるだろう？」

「いいえ」本当だった。いつもきれいだと言ってくれたダリルも、胸をほめたことはない。

「信じられないな。こんなにすごいのに。僕なら一日じゅうでも見ていられるよ。それよりはもちろん、触れるほうがいいが」ジャックは頭の後ろで組んでいた腕をほどいた。

その言葉に反応して、ジャックに触れられたくてたまらないというように胸の先端があからさまに硬くとがった。ビビアンは気づかれないうちに、やはり味気ない白のコットンのショーツをさっさとはぎ取った。大きめなヒップやふっくらしたおなかを気にするひまはなかった。ジャックは最高だと思っているらしいが、すべての男性が豊満な胸や砂時計のようにウエストのくびれた体が好きなわけではない。

初めて真剣につき合った恋人は鈍感でいやな男性

で、本当はやせた子が好きだが、ビビアンがバージンだったのが気に入ったとある日打ち明けた。当然二人の仲は長続きせず、身も心も傷ついた彼女は、次の恋人とつき合うまでにかなり時間がかかった。

幸いなことに、相手がジャックなら傷つくことはない。彼を愛していないのだから。

「君は本当に美しいね」熱っぽい目であがめるように見つめながら、ジャックがくぐもった声を出した。「さあ、おいで、ビビアン。もうこれ以上は我慢できない」

そんなに私ってセクシーで情熱的な女かしら？　自分をそんなふうに思えたのは初めてだ。

「今行くわ、ボス」ビビアンは低くなまめかしい声で答え、気取った歩き方でベッドに向かった。

ジャックは扇情的な目でじっくりと上から下へ、下から上へと彼女の全身を眺めた。「たまらないな、そのボスという呼び方が」

いつもならジャックの偉そうな態度は腹立たしいだけなのに、なぜかビビアンも彼の口調を気に入っていた。

「ビビアン、さあ、避妊具を出して僕につけてくれないか？　あんなになやましいストリップを見せられたら、自分ではできそうもない」

避妊具を相手につけるなんて初めてだけど、私にできるかしら？　でもそんなことは言えない。経験豊かな女なら、目をつぶっていてもできるはずだ。

「まったくもう」もったいぶって言うと、ビビアンはダリルがしていたようにアルミの包みを破った。「こんなので入るかしら？」彼女は小さなゴムの輪を見つめた。

ジャックがため息をつく。「貸して」

ビビアンは喜んで手渡した。「はい、ボス」

「まったくもう」ジャックがさっきの彼女の言い方をまねる。

ビビアンが笑うとジャックも笑った。視線がからみ合い、彼女は胸が締めつけられる思いがした。昔の私なら、彼に体以上のものを期待していただろう。でも今は、自分がなにに反応しているかよく知っている。ジャックが慣れたようすで高ぶった体に薄い膜をかぶせるのを見つめながら、彼が入ってきたらどんなふうだろうとビビアンは想像した。

「君が上でいいね」用意ができると、ジャックが言った。「いつもなら僕がリードするんだが、君に触れたら一瞬で終わりそうだから助けてくれるか？　今もぎりぎりの状態なんだ」

ビビアンは下唇を噛んだ。どう答えよう？　上になるのは好きじゃないの、と言っても嘘だと思われるに違いない。大丈夫、きっとできる。二回くらいは経験もあるし、たいしたことじゃないわ。ベッドに上がって、彼の体にのればいい。なにが見えるかなんて気にせずに。そうよ、その調子。あとは右手で彼の……いいえ、持つには大きすぎるわ。大丈夫かしら？

だが、ジャックの体は甘美な感触とともに、驚くほどなめらかに入ってきた。息をつめ、ビビアンがゆっくりと彼の上に腰を落とすと、味わったことのないような充足感が体に広がる。彼女は目を閉じて全身を駆けめぐる快感に集中し、息を吐きながら体を上下に揺らした。

ジャックがもらしたうなり声に驚き、ビビアンはぱっと目を開いた。見おろすと、彼は顔をゆがめて息を荒くし、両手を固く握りしめている。

「だめだ、そんなふうに動いたら」

ビビアンはショックを受けた。追いつめられたジャックを見るのがこんなにうれしいだなんて。

「私はこうしたいの」彼女はゆっくりと官能的なリズムを刻みつづけた。

今度はうなる代わりに悪態をつき、ジャックはビビビアンの両肩を押し倒した。彼にのしかかられて、ビビアンは動きを封じられた。

「うっかりしていたよ。君が人に言われたとおりにするはずがない」ジャックがうなるように言った。「強情な女性だから」そう言って、たまらなくセクシーな笑みを浮かべる。

負けずになまめかしい笑顔で応じる自分が、ビビアンは信じられなかった。「でもこのほうがいいわ」

「へえ、意外だな。君のように経験豊かな女性が、正常位が好きだなんて」

ビビアンは吹き出しそうになった。知っている相手はごく数人なのに、経験豊かですって？

「あなたってベッドの上ではよく話すほうなの？」

「しゃべれば頭を冷やせるだろう？　楽しい時間は長く続いてほしい。とくに君とは、この一度しか許されないかもしれないからね」

「それはないわ、ジャック」ビビアンが緑色の目を輝かせて彼を見あげた。「お代わりしたくなるかもよ。あなたみたいに……魅力的な人が相手なら」

「なんなの、今の悪女ぶったせりふは？

「よかった。だが君の気が変わるといけないから、今回は僕の好きなようにさせてもらおう」

ジャックの体が離れたので驚いていると、ビビアンはあっという間にうつ伏せにさせられた。頭がくらくらしているうちに太い腕でウエストを持ちあげられ、ベッドに手足をつかされた。

どうしよう？

いくら経験が浅くても、彼がしようとしていることくらいはわかる。ヒップに彼の感触はあるけれど姿は見えず、目に映るのはベッドの上の壁紙だけ。

それでもジャックが入ってきて胸を包みこみ、体を動かしはじめると、ビビアンは拒めなかった。論理的な思考は停止し、欲望に操られた脳がジャックに合わせて動けと命じる。夢中でヒップを揺らしながら、ビビアンは痛いほど張りつめている緊張からの解放を求めた。

　ジャックが火傷（やけど）したようにひりひりする胸の先端をもてあそんでいるために、苦痛と快楽とは表裏一体、という言葉がやっと理解できた気がする。もう耐えられないと思ったそのとき、ジャックの手が離れてビビアンの背中を押さえた。ヒップがさらに持ちあがる格好になり、ビビアンは恥ずかしさと興奮を同時に味わった。

　しかしそれからジャックが動きをとめたので、ビビアンは不満げにあえいだ。大きな手でゆっくりと円を描くように愛撫（あいぶ）され、ヒップにぎゅっと力がこもる。

「これはどうだ？」かすれた声で尋ねるジャックに敏感な場所をさぐられ、抵抗を感じるべきなのに、全身に危険な甘い快感が広がっていく。

「いいわ」ビビアンの声はくぐもっていた。

「じゃあ、次の機会にとっておこう」ジャックの両手がまたヒップを支え、体が速く大きく動きはじめた。するといつもベッドの上ではおとなしいのに、ビビアンは声が出そうになった。近くの枕に顔をうずめてこらえても、唇から動物のようなうめき声がもれるのをとめられない。ついには苦悶（くもん）の声とともになにをしているのかもわからなくなり、両手でベッドカバーを握りしめた。

　解放の瞬間は、まるでふくらんだ風船が破裂したかのようだった。エロチックな苦しみにあえいでいた全身の緊張が解かれ、快感の波が次々と押し寄せてきてビビアンをのみこむ。その間叫びそうになるのを、ビビアンは唇を噛んでこらえていた。だが、ジャックはそんな些細（ささい）なことを気にするふうもなく満足げにうなると、何度も体を波打たせながら喜びを解き放った。

　ジャックがやっとぐったりしたころ、ビビアンのすばらしいクライマックスの波は去りかけていた。彼に支えられていなければ、彼女の体はくずおれていたに違いない。

するとジャックがゆっくりと、これ以上ないほどやさしくビビアンをベッドに横たえた。ビビアンの唇から今まで知らなかった、真に満ち足りたため息がもれる。

「どこにも行かないでくれ」ジャックが彼女の背中にキスをした。

その力が残っていたなら、ビビアンは声をあげて笑っただろう。

かすかにトイレを使う音と水が流れる音が聞こえる。彼はシャワーを浴びているのかしら？

ぼんやりとそんなことを考えていたビビアンは、次の瞬間深い眠りに落ちていった。

11

浴室から出てきたジャックは、ビビアンが眠っていることに最初は気づかなかった。〝車で買い物に行くが、なにか欲しいものはあるか〟と尋ねても答えがなかったので、初めてわかったのだ。

かわいそうに、とジャックは無防備かつ、なやましいビビアンの姿を見て思った。今までいろいろなことがあって、疲れはてているのだろう。このまましばらく眠らせてやったほうがいい。

音をたてないように服を着たジャックは、いちばん近くのキッチンへ行き、戸棚や引き出しの中をさがして紙とペンを見つけた。ビビアンへのメッセージを書きおえると、寝室に戻ってそっとメモを彼女の服の山に置く。その間も、ベッドの上に目が向かないように気をつけた。見れば、また彼女が欲しくなるからだ。〝お代わりしたくなる〟と言われたのだから、昼食をすませたあと、もう一度チャンスはあるはずだ。

もっとも、二人の関係を今日だけで終わらせるつもりはなかった。これからもずっと会いつづけるために、どうしてもビビアンを愛人にしなければ。誰が見ても、今の彼女になにが必要かははっきりしている。仕事で忙しくしながら、誰かがそばにいて熱くくるおしくビビアンを抱きつづけることだ。そうすれば、金めあてのろくでなしに捨てられたくらいで人生は終わらないのだ、とビビアンも悟るだろう。

そうしてやるのが自分の役目だ、とジャックは信じていた。

彼女が望むなら、友人になってもいい。

〝あなたを好きですらなかった〟とビビアンに言われたことを思い出し、ジャックは顔をしかめた。なぜだろう？　しかし、それは二人がもっとよく知り合う前のことだ。この二日間に、僕たちは深い関係になっただけではなく、一緒に仕事をしてきた数年にはしなかったいろいろな事柄を話した。僕は今まで どんな女にも言わなかったことも言った。それにしても、母に恋人ができた話までするとは！　ビビアンに偏った判断をされなくてよかった。結婚や子供を持つことを考えていない僕に、人には自由に生きる権利があると彼女は言ってくれた。

ビビアンは僕と同じで頭がよく、冷静で現実的なのに、ダリルのこととなると話は別らしい。あの狡猾な男は、ビビアンを罠にかけるためになにを言い、なにをすべきか熟知していたのだろう。そして彼女を口説き落としたあとでもっといい獲物を見つけた、と思ったに違いない。だが、コートニー・エリソンと結婚すればどうなるか、あの愚か者は気づいていないのだ。もっとも、あの二人なら道徳心も誠意もない者同士、お似合いのカップルなのかもしれない。あんな男と結婚しないですんでどれほど助かったか、ビビアンはまだ気づいていないようだが。

部屋を出ようとするとベッドから音が聞こえ、ジャックは一瞬、ビビアンが目を覚ましたのかと思った。だがそうではなく、彼女は寝返りを打って胎児のように体を丸めただけで、桃のようなヒップが高くなやましい弧を描いている。ジャックはうなり声をあげそうになるのを抑えながら、そっとベッドカバーをめくって彼女の上にかけた。だが布は腰までにしか届かず、上半身はあらわなままだった。

ジャックはじっとビビアンを見おろし、さっきの行為の最中に、彼女のたわわな胸が手の中で揺れていた感触を思い出した。胸の先端を愛撫(あいぶ)するとビビアンは声をもらし、腰を夢中で揺らしていた。そして豊かなヒップと彼の腰がぶつかり合ってついに頂点に達した瞬間には、喜びの声をあげていた。あれほど激しいクライマックスは見たことがなく、興奮する彼女の体はきつく僕を締めつけた。

「だめだ、考えるな」ジャックはそうつぶやくと、急いで階段を下り、玄関の鍵を閉めて車に乗りこんだ。ビビアンのことはランチのあとで考えよう。胃袋も、食事が先だと告げている。屋敷に来る途中、ショッピングセンターがあったはずだ。あそこなら必要なものはなんでもそろうだろう。

静寂の中で目覚めたビビアンは、ジャックが腰から下にベッドカバーをかけてくれたのに気づいた。体を起こし、部屋を見まわしながら耳をすます。けれど彼の気配はなく、遠くで小鳥のさえずりが聞こえるだけだ。まさか、私を置き去りにしたわけではないわよね？　屋敷にたった一人、裸のままで。

背筋に震えが走ったとき、ビビアンは服の上に置かれた紙に気づいた。ベッドの端から両足を下ろしてそれを拾うと、ジャックからのメッセージを読んでほっとする。彼がこのまいなくなるなんて、あるはずがない。私がいれば、ジャックの二つの要求は一度に満たされるのだから。その望みとはインテリアデザイナーを見つけることと、ベッドをともにするパートナーを手に入れることだ。さっきはベッドの上で別人の演技をしていた私を見て、きっと二つの願いはどちらも聞き入れられるとジャックは信じているに違いない。

でも、あれは本当に演技だったの？　私は欲望と情熱にすっかり心を奪われていなかった？　なにもかもがすばらしく、新しく目覚めた自分にはわくわくした。それにあの最高のクライマックス……あれを一度きりでいいと言う女がいたら、頭がどうかしている。

だけどなぜほんの少しでも似た快感を、ダリルとは味わえなかったのだろう？　ジャックとならあれほど熱くなれたのに、ダリルをたまらなく愛していたときもベッドで自分を見失ったことはない。ダリルと一つに結ばれて、クライマックスを迎えたこともなかった。まさか、大きさの問題なの？　いいえ、そんなはずはない。ジャックが服を脱ぐ前から、私は胸をときめかせていた。それどころか昨日レストランにいたときでさえ、彼を欲しいと思っていた。まったくどうしようもない！

なにもかもが信じられない気分だ。

屋敷への急な坂道をのぼってくる車のエンジン音が聞こえ、ビビアンはパニックに陥った。さっきまでは大胆にふるまえていても、ここでジャックを裸のまま迎える度胸はない。

あわてて服を拾い集め、彼女はドアに向かった。中に入ると、そこは思ったとおり浴室だったが、ある意味ですごい部屋だった。

「なんなの、これは！」ビビアンは叫んで笑った。ピンクと黒の浴室が二十世紀の終わりに流行したのは知っているけれど、実際に見るのは初めてで、なんとも悪趣味だ。皮肉っぽい笑顔で首を振り、彼女はドアを閉めた。黒いトイレを使うと、ピンクの洗面台で手を洗い、急いで服を身につける。大きいが縁の欠けた鏡に向かって指で髪をすいていたとき、浴室のドアをたたく鋭い音がした。

「そこにいるのか、ビビアン？」ジャックの声だ。

「え……ええ。服を着ているの」彼女は急にきまりが悪く、恥ずかしくなった。もとの恥ずかしがり屋に戻ったせいで、緊張が押し寄せてくる。

「ランチを買ってきたよ」ジャックがドアを開けて浴室に入ってきた。

「まずはノックでしょう？」ビビアンがぴしゃりと言う。

ジャックは驚いた。「さっきしただろう」

「ええ、そうね。それでも、どうぞと言われるまで待つものだわ」

「どうやら、僕がいない間にご機嫌が悪くなったようだね。〝お代わり〟と言っておいたのに、僕がリクエストに応えなかったから怒っているんだろう？ごめんよ、僕の美しい人。だが避妊具がなかったし、僕くらいのサイズともなると、燃料補給が必要でね」

大きさを思い出させないで。それに、私が〝お代わり〟と言ったことも忘れてほしい。そんなことをいつでも口にできた奔放な自分は消えてしまったらしく、ビビアンは不安になった。あの大胆さが好きだったのに。きっとまたジャックにはベッドに誘われるだろうけれど、そのときには新しく生まれた刺激的な自分がまた現れてほしい。

だけど、もとの恥ずかしがり屋に戻ったといっても、ダリルのような男にだまされる愚かな女とはもう違う。あんな救いようのないろくでなしとは、永遠にお別れだわ！

「この浴室を、君はどう思う？」ジャックが尋ねた。

「えっ？　ああ、この部屋？　ひどいと思うわ」

　ジャックはおもしろそうに笑った。「ほかの浴室も見てみるといい。一面が茶色で変なオリーブ色の浴槽が置かれた、最悪なところもある」

「嘘でしょう？」

「キッチンのほうがまだましかな。パイン材が好きなら、の話だが。そういえば、キッチンに食べ物を置いてきたんだ。ハンバーガーとフライドポテトとコーラで大丈夫か迷ったんだが、嫌いな人なんかいないだろう？」

　ジャックはまたしても答えを待たずに、さっさとビビアンの手を引いて浴室を出た。そして寝室を抜けると短い廊下を通り、カントリースタイルの広いキッチンに入った。なるほど、そこは木ばかりが使われている空間で、食器棚も、調理台も、カウンターも三つ並んだスツールも、すべてがパイン材でできている。でも気にしてもなんにもならないだろう、とビビアンは思った。ジャックはきっとなにもかも取り払い、屋敷の内装を一新するつもりでいるはずだ。

「どうぞ」ジャックがスツールを勧め、別のスツールを持ってテーブルの反対側にまわった。そして眉をひそめるビビアンに笑いかける。

「食事中は、距離を置かないと。食べることと寝ることは、同時には考えられないんだ。しかし美しい君がそばにいると、寝ることばかり考えてしまうだろう？」

　そう言われるとついうれしくなるけれど、〝美しい〟を連呼されるのには違和感がある。「本当かしら」ビビアンはつっけんどんに返した。

　ジャックの笑みが大きくなる。「だまされないぞ、ビビアン。僕に負けないくらい、早くベッドに戻りたいと思っているくせに」

言い返そうと開いた唇を、ビビアンは閉じた。彼の言うとおりなのだから、反論しても無駄だ。そう思ってテーブルに手を伸ばし、食事を始めた。

二人とも黙々とハンバーガーを頬張った。特大のハンバーガーは、今まで食べたことがないほどおいしかった。こういうものは良質の食材を使った、気のきいたカフェでしか食べられないだろう。フライドポテトもかりっと揚がっていて、塩味もちょうどいい。そのうえコーラというお気に入りの飲み物で食事を締めくくれて、ビビアンは幸せな気分だった。ただ、ジャックが買ってきたのがダイエット・コーラでなかったのだけが残念だ。

「この小さなボトルに、どのくらい砂糖が入っているか知っている？」コーラを全部飲みほして、ビビアンはきいた。

「月にロケットを飛ばせるほどじゃないだろう？」ジャックが答えた。「でも、君を打ちあげるくらいならできそうだ」ジャックが青い目を輝かせ、このうえなくセクシーに笑った。

たちまち胸がときめき、ビビアンは冷静さを保つのに苦労した。手の届かない高嶺（たかね）の花を演じるのは手遅れでも、せめて軽い女とは思われたくない。がつがつしているように見えたら困る。

「先に屋敷の中を案内してくれるのかと思ったのに」ビビアンはさりげなく紙ナプキンを手に取り、口の端を軽くぬぐった。

「そう考えていたなら、思い違いだったな」

ビビアンはジャックをにらんだ。これだからジャックに雇われて働くのはいやだったのだ。いつでも独断的で、自分のやり方を通そうとする。〈クラシックデザイン〉の社員だったときはしかたないから我慢したけれど、今は立場が違う。

「私の意見は無視するの？」いらだったように、ビビアンは頭を振った。

一瞬ひるんだものの、ジャックはほほえんだ。

「まさか。無理強いする気などまったくない。僕は君を尊敬しているんだ。だから、どうしたいか教えてくれるか、ビビアン？　部屋を見てまわって退屈な時間を過ごすか、それともベッドに戻って夢のように楽しいことをしたいのか」

ビビアンはため息をついた。「あなたって、本当に頭がまわるのね」

ジャックがにやりと笑った。「それって、ほめ言葉なんだろうね？」

「そう考えているなら、思い違いよ」

「では、屋敷めぐりをご希望なんだね？」

彼女は首を横に振った。「違うとわかっているくせに。だからといって、いつもあなたの望みどおりに私が動くと思ったら大間違いだわ」

「本当か？」

ビビアンには自信がなかった。それでも認めるわけにはいかない。「あなたが悪いのはそういうところよ、ジャック・ストーン。自分のしたいようにする癖がついているんだわ」

「認めるよ。僕はボスでいるのが好きだ。とくにベッドの上ではね」

「知っているわ」

「僕だって知っていることがある。僕がそうするのを、君は気に入っているだろう」

ビビアンはあきれたように目をくるりとまわした。彼のこの傲慢さと、女性の扱いへのとんでもない自信はどう？　立派な体のせいかしら？　それとも経験が豊富だから？　理由はどうであれ、ジャックにすべてを仕切らせるつもりはない。

「二十一世紀を生きる女として言わせてもらうわ」ビビアンは冷ややかに告げた。「どんな関係を結ぶにしろ、二人はいつも対等よ」

「異論はないね」ジャックが答えた。

「それから、ルールには従ってもらうわ」

彼が眉をひそめる。「ルール？」

実はなにも考えていなかったビビアンは、適当に言った。「第一に、いつも避妊具を使うこと」ピルをのんでいることを彼に打ち明けるつもりはない。

「了解」ジャックはすぐ答えた。「だからさっき、一ダース買ってきたんだ」

「一ダースも！」これから数時間でそんなに使うつもりなのかしら、とビビアンは驚いた。

ジャックが肩を持ちあげる。「用心するに越したことはないだろう？　それに、あまったら明日また使えばいい」

ビビアンは目をぱちくりさせた。「明日って、どういう意味？　その日だと会社があるでしょう？　あなたは仕事中毒のはずだわ」

「そうだ。しかし、仕事のあとなら時間は作れるだろう？　君と町に豪勢なディナーをとりに出かけて、デザートは僕の家で楽しむんだ」意味ありげにジャックは言った。

「本当に救いようのない人ね」明日の夜のデザートが待ちきれないと思っているくせに、ビビアンは怒ってみせた。「それから第二は、私になにかしてほしければ、命令しないで頼むこと」

「そうか、わかった。じゃあ、明日の夜は僕と一緒にディナーに行ってくれるかな？」

「たぶんね。返事はあとでするわ」

「だめだな、そういうのは。ビビアン、僕にもやり方はある。まず僕が君に質問したら、すぐにはっきりと答えてほしい。僕はいつも単刀直入だから、言葉のゲームはしたくない。イエスかノーか、君はどっちだ？」

駆け引きの手間が省けるのはいいけれど、だからといってなんでもイエスと答えるつもりはない。

「ディナーの件は、イエスよ。でもそのあとどうするかは、そのときにきいてちょうだい。今日ベッドに行ったばかりで、明日も行きたくなるかどうかはわからないから」嘘ばっかり、とビビアンは自分をあざけった。

鋭い目で彼女を見つめたあと、ジャックは微笑した。「いいだろう。ルールはそれだけか？」

「とりあえず……今はそれだけよ。だけど必要に応じて、追加させてもらうわ」

「僕もそうする」ジャックはそう言うと、隣にあったビニール袋に手を入れ、避妊具の箱を取り出した。「さて、君のルールは聞いたし、食事もすませたことだし、もう一度丁寧に質問させてもらおうかな。これから屋敷を案内しようか、それともベッドに行こうか？」

ビビアンは息をのんだ。答えは決まっているのに、言葉にすることができない。

ジャックはスツールから立ちあがり、箱のフィルムを破きながら彼女に近づいてきた。「別の選択肢もある。さっき言った二つを同時にするんだ」

驚いたビビアンは、ただ彼を見つめていた。舌はもう使いものにならなかった。

かすかに開いた彼女の唇の輪郭をジャックがそっと指でたどり、そのまま口の中にまですべりこませた。息をのみ、頭がくらくらしたかと思うと、ビビアンは情熱的で奔放で大胆なもう一人の自分がふたたび戻ってくるのを感じた。彼女は唇を閉じ、緑色の目をうっとりと輝かせながら、ジャックの指に舌を官能的にからませた。

「それは、イエスという意味だね」ジャックが欲望にかすれた声で言った。

12

「なにをするつもり？」ビビアンが鋭い声で言った。ジャックが彼女のカメラを手に持ち、こちらに向けたのだ。ビビアンは書斎の椅子にもたれ、白いブラウスしか身につけていなかった。一つだけボタンをとめた姿が、罪深いほどセクシーだ。

「新しくできた、美しい僕の恋人の写真を撮っておこうと思って」

「こんな裸みたいな格好なのに」椅子の上で背筋を伸ばし、ビビアンは髪を後ろに撫でつけた。「髪だってくしゃくしゃだわ」

ジャックは笑った。「ばかなことを言うなよ。こんなにすてきなのに」

「やめて、ジャック。こういう姿は撮られたくないの。それに、私は恋人じゃないわ。あなたとはベッドの上で結ばれただけよ」

ジャックはもう少しでたじろぎそうになった。体だけの関係とビビアンが割りきっているなら好都合なはずだが、今日一日彼女と過ごしてみて、それ以上のなにかが欲しくなっていた。

「体だけの仲だと思うなら、明日もディナーに誘ったりはしない。僕は君と一緒にいて、もっと話がしたいんだ、ビビアン。単なる仕事上のつき合いとは思っていないし、寝るだけの関係とも思っていない。君だってそうだろう？」二人はずっとベッドの中で午後を過ごしたわけではなかった。合間にはフランセスコ・フォリーの改装について話し合ったうえ、ビビアンは車に置いてあったカメラを取りに行き、屋敷のあらゆる場所を写真におさめていた。

「私もあなたといるのは楽しいわ。でも――」

「でも、なんだ？」彼女の言葉をさえぎり、ジャックがカメラを置いた。「ダリルと別れたばかりで早すぎる、とでも言うのか？」

ビビアンはジャックを見つめた。本当のことを言うと、この瞬間までダリルなんてすっかり忘れていた。けれどこうして彼の名を聞くと、自分の驚くべき変化も、無残に捨てられたことが影響しているのかと考えてしまう。私の中に魔性の女が生まれたのも、復讐心からだったのかもしれない。それともダリルを見返したくて、自暴自棄になっているのか。

もう少しまともに考えられるまで、男性とは距離を置いたほうがいいに決まっている。それでも私は今日のすばらしいセックスで脳がとろけたのか、ジャックの恋人になってもいいかもしれない、なんて愚かなことを考えている。そんなことをしたら、一難去ってまた一難という事態になるだけなのに。

いけないとわかっていても、ビビアンはジャックの言うとおりにして、彼の恋人になりたかった。もともと写真は嫌いなのだし、無遠慮に写真を撮るなと断るのは簡単だ。でももっと彼とベッドをともにするチャンスがあるのに、それを拒むのは無理だ。もし恋人になるのを断れば、二人の関係は終わる。ジャックは〝ノー〟という相手に寛大ではないから、仕事の話もすべて白紙に戻すだろう。

けれど、ほかにも方法はある……。

ビビアンの頭には不道徳な想像が広がっていた。ああ、そうなったらどんなにいいか。大胆な提案がしだいに形になり、彼女の胸はときめいた。そうよ、ジャックだってきっと承知してくれるわ。どんな男性も夢見るはずのことだもの。

だが、彼に伝えようにも口の中がからからで、言葉がうまく出てこない。

「どうしたんだ？　なんとか言ってくれないかな」ジャックはしびれを切らしているようだ。「僕ははっきりしないのが嫌いなんだ。君も知っているだろう？」

「ええ、私もそういうのは嫌いよ」ビビアンは言い返した。「だから、答えはイエスだわ。誰かの恋人になるなんて、まだ考えられないの」今の私の心は空っぽだから。彼女はそう思ったが、口には出さなかった。「ベッドで愛し合う仲といっても、私たちが今日したことは、愛とは関係のない行為だわ。あなたが私をなんとも思っていないように、私もあなたを愛してはいない。でも、ベッドをともにするのは大好きなの。こんな気持ちは初めてよ」

せっかく正直に答えたのに、ジャックの反応は思わしくない。

「こんなことを言ったら驚かれるかもしれないけれど、私にも考えが……」

「もうなにを言われても驚かないよ、ビビアン」彼が冷たく告げた。「だから、君の考えとやらをさっさと言ってくれないか」

ビビアンはブラウスのボタンをとめて、大きく息を吸った。「まず、私はこの仕事がしたいの」彼女はフランセスコ・フォリーを手で示した。「でもあなたが言うように、一緒に仕事をするなら、体の関係を続けるしかないわ。だからこのリフォームがすむまで、私はあなたの、ベッドだけをともにする愛人になりたい」

ジャックは目を丸くして頭を後ろに傾けた。「僕が甘かったようだな。君にはびっくりさせられたよ。愛人と言ったが、いったいどんな女を想像しているんだ？　黒光りする革の衣装をつけて、手には鞭を持っているとか？」

「やめてよ」ビビアンはぴしゃりと言った。

「じゃあ、高級アパートメントに囲われて、金を払えば相手の男が望むことはなんでもしてくれるような女かな？」

「私はそんな女じゃないわ」

「よかった」

「私の言う愛人とは、秘密の相手という意味よ。私たちの関係を誰にも知られたくないの」

「なぜだ？　僕は知られてもかまわないが」

「私は困るの」

「どうしてだ？」

「友人や家族から、きかれたくないことをあれこれきかれるに決まっているもの」もっとも、私には家族も友人もあまりいない。でも、ジャックは違うだろう。

「そういう人たちに悪く思われそうで心配なんだな？」

彼は鋭い。ビビアンは立ちあがった。「ええ、そうよ」ダリルと別れて間もないことに加え、まわりの人はみんな、私がジャックを嫌っていると思っている。それならいったいなにがあったのかと、驚かれるに違いない。頭がおかしくなったんじゃないか、と疑われることもありうる。

ジャックは眉をひそめた。「きちんとした恋人なら、なんの問題もないじゃないか」

「でも、私はあなたの恋人にはなりたくないの、ジャック」ビビアンはいらだちをつのらせた。「私はただ、あなたとセックスがしたいだけなのよ。わかった？」

またしても、ジャックはあまりうれしくなさそうな顔をしている。「わかった」彼が吐き出すように答えた。「だが、どこでだ？」

「どういう意味？」

「どこで会うのか、ときいているんだよ。君の家だと……隣に住んでいる親友のマリオンにすぐ気づかれて、いろいろ詮索されるだろう。だったら僕の家か、ホテルに部屋を取るしかない」

真っ赤になったビビアンを見て、ジャックは驚いた。まったく、矛盾だらけの女性だ。今日の彼女はいったいどうなっているのだろう？　だが、そのことを言うなら自分もどうかしている。愛人になると言われて、なぜ喜べない？　ビビアンにもなんとなく腹がたつ。なにもかも、よくわからなくなってきた。いいや、本当はなにが気に入らないか、僕はよくわかっている。プライドが傷ついているのだ。

しっかりしろ、ジャック。彼は自分を叱った。むしろ最高のチャンスじゃないか。ひねくれずに前向きに考えろ。好きなだけセックスができて、面倒な問題もなければ、あとくされもない。なにも約束する必要もなければ、彼女を愛していると言わなくてもすむ。まさに願ったりかなったりじゃないか。だから、妙な感傷はやめて現実的になれ。冷静に考えるなら、ビビアンの提案はかなり魅力的な話だ。

「どちらもあまり気が進まないようだね」ジャックは皮肉っぽくならないように気をつけて続けた。

「やっぱり、君のためにしゃれたアパートメントを借りようか。金はじゅうぶんあるし、どこで会うか悩まないでよくなる」

すぐにも、そうしたいと答えたい。場所の問題が解決するなら……。だけど、そうするのは信条に反する。ビビアンはいつでも自立した女でいたかった。それに、二人の関係のためにジャックがお金を払うというのも、気がとがめる。

「さっきも言ったはずよ、ジャック。私はそんな女じゃないの。私にいい考えがあるわ。きっとあなたも気に入ってくれるはずよ」

ジャックは肺から今にももれ出しそうなため息をこらえた。

「わかった、聞こうじゃないか」

13

「こんなにうれしい話はないわ」マリオンが言った。

　二人はビビアンの家のキッチンで朝のコーヒーを飲んでいた。前の日にジャックと出かけてどうなったか、マリオンが報告を聞きに来たのだ。もちろんビビアンは衝撃的な真実は隠したまま、ジャックからフランセスコ・フォリーのリフォームを任されたので、仕事が終わるまで屋敷に住むことになったと伝えた。ただし、屋敷の売買契約が正式に成立するのは二週間後の話だ。

　ビビアンが住み込みで働くと言うと、ジャックは反対した。でも週末には会えるし、それ以外の日は仕事に集中できるからと彼女は説明した。二日間も私とベッドでなんでも好きなことができるのだから、待つ甲斐はあるでしょう、と大胆なことも言った。夜遅くにアパートメントまでビビアンを送る間、ジャックはいろいろ考えたのか、やっとそのアイデアに賛成した。なんでも好きなことができる、と言ったのが効いたらしい。

　一方、ビビアンは急に約束を取り消したくなったが、口には出さなかった。すっかり満足した体がそうするのを拒んでいたからだ。そして一晩ぐっすり眠って最高の気分で目覚めると、心配や不安はすっかり消えていた。

　今夜ジャックと会えるのを、ビビアンはすでに楽しみにしていた。一緒に食事をしているところを誰かに見られても、仕事をしていると思われるだけで心配ないと彼は言ったが、結局どこか人目につかない店に連れていくと約束してくれた。つまり、ビビアンはジャックの下で働くことになったのだ。

〝下になったり、上になったりだな〟と昨日のジャックは思わせぶりに言ったものだ。

昨日求められたことを思い出すと、体がほてり、涼しい顔でいるのに苦労する。いろいろな体位も思ったほど奇抜ではなかったものの、初めての経験であれほど楽しめるとは思わなかった。女性が上になることがあるのは知っていたけれど、背中を向けたのは初めてだった。でもすごくよかった。ベッドの端にある真鍮（しんちゅう）の手すりをつかんでジャックの上になると、顔が見えないぶん快感に集中できて、しだいに体の内側の緊張が高まるのがわかった。そしてついに解放の瞬間が訪れたとき、私は夢中で……叫んだ気がする。そうよ、やっぱり声をあげたんだわ。

ああ、なんてことかしら。

ビビアンはごくりと喉を鳴らした。

「あなたが心配だったけれど、これでもう安心して来週から出かけられるわね」マリオンが言う。

ビビアンは目をぱちくりさせた。「来週？　どこかに行くの？」ぼんやりとき返した。

マリオンがあきれたように首を振る。「やっぱり覚えてないのね、いろいろあったから。私が休暇でヨーロッパに行く話をしたでしょう？　まずロンドンに行って、何年ぶりかで連絡が取れた親戚を訪ねるの。それからパリに行って、六週間かけて船でライン川を下るのよ。すごく楽しみだわ。まともな休暇を取るのは久しぶりだもの。でもその話はあとでいいとして、ねえ、ジャックが買った家の話をもっと聞かせて。なんていう名前だった？」

「フランセスコ・フォリーよ」

「ロマンチックな名前よね」

ビビアンは笑った。「そうでもないわ」あの屋敷にあるのはロマンチックさではなく、セックスと欲望とくるおしいほどの情熱だ。今夜が待ち遠しい。

「写真があるの。見る？」そう言ってから、ビビアンは失敗したと思った。写真を目にすれば、いろいろな部屋でジャックとどんなことをしたか思い出してしまう。とくに、古い真鍮のベッドがある客用寝室の写真はまずい。

「大仕事になりそうね」マリオンが言った。「何週間も、もしかしたら何カ月もかかるかしら」

「そうね」答えながらも、いつまでかかってもかまわないとビビアンは思っていた。

マリオンがさぐるような目でビビアンを見ている。勘の鋭い彼女に隠しごとをするのはむずかしいのだ。

「ジャック・ストーンって、たいした人ね」マリオンが言った。「あなたはひどい男みたいに言うけれど、私は彼が好きよ」

「そうね。あの人は欲しいものがあると、とても愛想がよくなるから」ビビアンは淡々と答えた。それは本当のことだ。

「しかも、思ったよりずっとハンサムだし」

「まあ、十人並みってところかしら」ビビアンはコーヒーを飲んだ。

「十人並みどころじゃないわよ。ジャックみたいな男らしい人が、私のタイプなの。ボブもそうだったわ」マリオンの鼻にかかった声を聞き、ずいぶん前に亡くなった夫の思い出話になりそうだ、とビビアンは警戒した。いつもなら親友がいちばん幸せだったころの話を喜んで聞くのだが、今は真実の愛を語る気分でも、なくした愛を思い出す気分でもない。

すると絶好のタイミングで携帯電話が鳴った。相手はジャックからで、まずい、とビビアンは思った。会話を聞くだけで、鋭いマリオンならなにか気づくかもしれない。

「もしもし」わざと彼の名前を呼ばずに、ビビアンは電話に出た。

「やあ」ジャックが応じる。「よく眠れたか?」

マリオンが興味津々という顔でこちらをうかがっ

ている。「ジャックからよ」なんでもないふりをし、ビビアンは唇の動きだけで友人に伝えた。「ドアの修理の話ね。さっそく手配してくれてありがとう」彼女はジャックに言った。

電話の向こうの彼は、すぐに事情を察したようだ。「誰かいるんだな……マリオンか？」

「すごいわ」そう答えると、ジャックが笑った。「じゃあ、明日修理の人が来てくれるのね？」ビビアンはかまわず続けた。「何時に？」

「七時じゃ起きられないだろうな。僕が考えていることを全部したら、今夜、君はくたくたになるだろうから」

ぞくっとする言葉に、ビビアンは息をのんだ。なんとか顔が真っ赤になるのをこらえる。

「昼ごろね。大丈夫よ」落ち着いた声を出せる自分に、彼女は驚いた。たいした女優だ。「ありがとう、ジャック。それから仕事のこともうれしいわ。早く始めたくてうずうずしているの」

ジャックがまた笑う。「僕もだ。しかし、君はごまかすのがうまいね。おもしろいからもっと話していたいが、仕事があるから切るよ。今夜、七時に迎えに行くから。ちなみに、あまりセクシーなドレスだと、仕事の打ち合わせに見えないぞ」

答える前に電話は終わり、ビビアンは助かったと思った。マリオンが聞き耳を立てていたからだ。

「わかったわ」切れている電話にビビアンは言った。「本当にありがとう。じゃあ、また」

「あの人、あなたのことが好きなんじゃない？」マリオンが言った。

ビビアンは携帯電話をテーブルに置いた。「どうして？」

「女の勘よ。家のリフォームの話だって、ほかにも業者はたくさんいるのに、わざわざあなたを訪ねてきたでしょう」

そう言われるとうれしい気もするけれど、最初ここに来たときのジャックに、仕事以外の目的があったとは思えない。その後の二人に起きたことは、私も彼もまったく想像しなかったことだ。「私の仕事ぶりをよく知っていて、気に入ってくれたからじゃない？」おまけに彼を愛撫するのもうまいから、とビビアンはエロチックなひとときを思い出した。

あんな行為を気に入るなんてまだ信じられない。貪欲に快楽を求めるジャックは、愛がなくても体の関係を楽しめる男性だ。そして私のことを好きかもしれなくても、それ以上の感情は抱いていない。ベッドをともにするのは仕事のおまけのようなものだと割りきっていれば、こちらも良心がとがめることはないし、恋人に裏切られた反動で頭がおかしくなったのかと悩む必要もない。

「それだけかしら」マリオンは続ける。「あなた、もしかして……彼が好きなんじゃない？」

ビビアンはにっこりした。「花を持って会いに来てくれて、しかも夢のような仕事をくれたのよ。誰でもいい人だと思うわ」それに何度も最高の喜びを味わわせてもくれた。「でも、そうね。前よりはジャックを好きになったわ」

「へえ。彼って独身なのよね？」

「そうよ。この先もずっとね」

「恋人はいるの？」

「ええ」少し悩んで、ビビアンは答えた。〝愛人〟がいるとはとても言えない。

「まあ、がっかりね。どんな人か知ってる？」

「さあ。一度会っただけだから」昨日の私は突然、妖婦に変身したも同じだった。

「ブロンド？」

「いいえ、とび色よ」

「あなたと同じね。きれいな人？　セクシー？」

ビビアンは肩をすくめた。「ジャックはそう思っているみたい」

「でも、本当はそうでもないのね？」

「まあまあじゃないかしら。私と同じインテリアデザイナーで、やっぱり仕事でジャックと知り合ったらしいわ」だんだん話がややこしくなってきて、作り話なんかしなければよかったとビビアンは思った。

マリオンがふんと鼻を鳴らした。「その女、なんとかジャックに取り入って、結婚しようと狙っているんじゃない？」

「そうね。愛と結婚は女の夢だから」でも、私は違う。今はただ、ジャックを相手にベッドですばらしい思いができれば満足だ。

マリオンが怪しむような顔をした。「だけどインテリアデザイナーの恋人がいるなら、ジャックはどうしてフランセスコ・フォリーの改装を頼まなかったのかしら？」

ビビアンはそれらしい理由を考えなければならなかった。「二人の新居、なんて彼女に思われたくないのよ、きっと。ジャックは退職者用の住宅地をさがしていてあの家を見つけ、衝動買いしたらしいから、隠れ家みたいに使いたいんでしょうね」

「なるほどね。ということは、その彼女と結婚するつもりはないのかしら。かわいそうに。彼にあまり深入りすると、傷つくはめになるわね」

いいえ、私はそうはならないわ。驚くほどきっぱりとビビアンは思った。ジャックとの関係に愛が入りこむ余地はない。これは情事ですらなく、ただベッドの上で楽しむだけの仲だ。

「でもその人、自立した女って感じだったから」ビビアンはすっくと立ちあがり、空になった二人のマグをシンクに運んだ。今までずっと自分の問題は自分で片づけてきた。好きでそうしていたわけではないけれど、誰にも頼らず一人で解決するのがあたりまえになっていて、だから心も鍛えられた。

それでも、ダリルに会ってビビアンは変わった。心の殻を破って忍びこんできたダリルを愛したせいで、ビビアンはいつもの彼女らしさを見失い、愚かな行動に走った。ダリルと一緒にいたときのビビアンは弱く、なにも見えていなかった。

ダリルと結婚しないでよかった、とジャックには言われたが、たしかにそうなのだろう。ひどい夫と情けない妻になっただけかもしれない。そうとわかっていても、ビビアンはやっぱり元婚約者の裏切りが悲しかった。しかし彼のことをあまり考えなくなったせいで、そのつらさも今は薄らいでいる。

「ダリルのことを考えているでしょう?」テーブルに向かったまま、マリオンが尋ねた。

シンクの前にいたビビアンは友人の方を振り返った。「誰のこと?」

マリオンが声をあげて笑った。「そうそう、その意気よ」

14

午後七時二十分、ビビアンを迎えに行く約束の時間に遅れていたせいで、ジャックはあわててポルシェから降りた。めったに遅刻はしないが、今夜はとくに遅れたくないと思っていた。なのに、渋滞に巻きこまれてはどうにもならない。ビビアンが怒っていなければいいが。

玄関を開けたビビアンは笑顔で、ジャックはほっと胸を撫でおろした。「遅かったのね」そうは言ったものの、口調は穏やかだ。

「橋に故障車がとまっていて、ひどい渋滞だったんだ」彼は答えた。「すまない」

「いいの、大丈夫だから。バッグと玄関の鍵を持ってくるわね」

遅刻をなんとも思っていないらしいビビアンに、ジャックはいらだった。僕と同じくらい今夜を楽しみにしていたなら、もっといらいらしているはずだ。要するに、僕への思いが薄いということだろう。ただ男らしい体を持つ、ベッドの上でエロチックなゲームを楽しむ相手としか思っていないのだ。恋人にはならず、体の関係だけと割りきった愛人でいたい、と言ったのがその証拠だ。気のない彼女に多くを望むのは間違っている。今は与えられたものを楽しみ、時がきたら歩み去るしかない。

ジャックは奥歯を噛みしめた。だったら彼女のお望みどおり、欲望の対象としか考えないことにしよう。自分専属の高級な娼婦のようなもので、哀れみも情も必要ないと思えばいい。

それなら、ディナーに時間をかけるのもばからしいだろう。さっさとベッドに向かえばいいのだ。

廊下を歩いてくるビビアンの頭のてっぺんから爪先までを、ジャックは遠慮なくもの欲しげな目で眺めた。セクシーなドレスは選ばないほうがいいと言っておいたのに、彼女は無視している。二人の関係を他人に悟られたくないなら、こんな……挑発的な服はまずいだろう。

紫色のぴったりしたラップドレスは豊満な体のラインを強調していて、見る人の欲望を抑えるどころかかきたてる。髪はまたアップにしているが、美しい顔にやわらかな巻き毛がこぼれるようすがセクシーだ。いつもより念入りなアイメイクのせいで緑色の瞳は大きく見え、リップグロスをぬった唇は……背徳の証そのもの。そして長いクリスタルのイヤリングは、その下の見事な胸の谷間へと視線を導く役目をしている。

「セクシーな服はやめておけと言ったのに」手が届くほど近くに来たビビアンに、ジャックはぶっきらぼうに告げた。

彼女がほっそりとした肩を持ちあげる。「でも、くたびれた恰好で愛人に会うなんて、やっぱりいやでしょう?」

「それもそうだ」ジャックは答えると、ふいに抱き寄せてキスをした。

ビビアンが一瞬抵抗したのは単に驚いたからで、本当はずっと……そうされることを望んでいた。がっしりとした体に触れて、その熱を感じたかった。彼の体は硬い……。どこもかしこも。

もうディナーなんてどうでもいい、と彼女は思った。このまま寝室に押し戻されても、私は素直に従うだろう。

ところが、ビビアンの手から鍵の束ががちゃりと木の床に落ちた。

その音に顔を上げたジャックは、彼女を渋い顔で見おろし、床にかがんで鍵を拾った。

ビビアンは両手をしっかりと握りしめ、冷静さを取り戻そうとした。顔はほてり、全身がとろけそうで、しゃべることも考えることもできない。体を起こしたジャックは彼女をじっくりと見つめ、謎の笑みを浮かべた。おもしろがっているの? それともなにかに満足して笑っているとか?

「鍵は僕が閉めるよ」

ビビアンはぼんやりとジャックを見つめていた。いつもは鋭い頭にかかっている熱いもやが、少しずつ薄らいでいく。そういうことは初めてではない。ジャックといるとすぐに手に負えない欲望に取りつかれ、キスだけで彼の虜になるのはなぜだろう? 彼の要求にいつでも応じる愛人の役なんて、少しもむずかしくはない。ジャックとすべてを経験したいし、彼を喜ばせたいから。

もちろん、それは心ではなく体の話だ。ベッドの上でなら、命じられるまま従順にふるまいたい。要求に応じ、有無を言わさず奪われるのを気に入るなんておかしいとは思う。けれど支配欲が強くて高慢な男は大嫌いなのに、ジャックはいやではない。本当のことを言えばマリオンに認めた以上に好きで、前よりもずっとすてきに見える。

今夜のためにダークグレーのスーツに身を包み、白いシャツに瞳の色と同じブルーのネクタイを締めた彼の姿が、颯爽（さっそう）としているせいもあるだろう。男性はスーツを着ると見ばえがする。ジャックのように仕立てのいい、体にぴったりの服を着ていればなおさらだ。知っている格好とは違い、今夜の彼には都会的で洗練された雰囲気がある。つねづね荒削りのダイヤモンドみたいな人だとは思っていたけれど、今日のジャックに粗野なところはどこにもない。

振り返ったジャックが、彼に見とれているビビアンに気づいた。

だがジャックは黙って鍵をビビアンに渡すと、彼女の腕をかかえてアパートメントを出た。

日中は暖かかったのに外は意外と冷えていて、ビビアンは歩道の前で立ちどまった。

「ジャケットを取ってくるわ」ドレスは七分袖だが、生地が薄いのだ。

「だめだ」ジャックがきっぱりと答えた。「体を隠すものなんかいらないよ、美しい人」

ビビアンは顔をしかめた。「その〝美しい人〟という呼び方、やめてくれない？　いやなのよ」

彼の顔の筋肉が引きつる。「じゃあ、なんと呼べばいいんだ？　スイートハート？　それともハニーか？　ダーリンは愛人には似合わないし」

むっとしたビビアンはバッグを握りしめた。「なんなの急に？　そんな不愉快な態度をとって」

ジャックは彼女をにらみつけ、そしてため息をついて表情をやわらげた。「たしかにいやなやつだったよ。だが自尊心が傷ついたんだ。恋人になるのを断られたのを、まだ引きずっているせいで」

だったら本物の恋人になるわ、とビビアンは答えたくなった。彼が腹をたてていると思うと、つい望みをかなえてあげたくなる。だけど、恋人にはどうしてもなれない。ここで屈したら、きっといつか後悔するはずだ。

「ゆうべ、家まで送ってくれたときには、私のアイデアに賛成したじゃないの」ビビアンはきっぱりと告げた。「体の関係と割り切ったほうが、あなたにとっても都合がいいはずよ」

「たしかに」

「だったら、なにが問題なの？」

そうだぞ、ジャック。いったいなんの不満があるんだ？　いいかげんに目を覚ませ。

彼は肩をすくめた。「いや、べつに。ただ、たまにはそれらしく相手をしてほしいだけだ。まともなデートをするときとか」

「だからそうしているでしょう？」

ジャックは笑った。「今日のディナーなんて、前戯みたいなものだろう？　だが、そんなドレス姿の君を見たら、ディナーはメインディッシュだけでさっさと終わらせることに決めた。デザートは君だからね、ゴージャスなビビアン。そうだ、この呼び方はどうだろう？」

「お好きにどうぞ」彼女も欲望を抑えるのに苦労していた。

「よかった。じゃあ、こんなくだらない話はやめて、早く行って、早く食事をすませよう。そうすれば早く帰れるから」

ところが、デートは思ったようにはいかなかった。予約したセントレオナルドにある小さなイタリアンレストランの店に着いて、テーブルに案内されたとき、ジャックの携帯電話が鳴った。

「ちょっと失礼」いまいましい電話をポケットから取り出す。「家族から緊急の用だと困るから」

家族への愛情が深いのは感心するが、携帯電話なんて私みたいに家に置いてくればいいのに、とビビアンは思った。でも恋人ならともかく、愛人はそんなふうに考えるものではない。裕福な彼がなにをしても、黙って見ているのが愛人だ。ディナーの席でメールに返信をしても、文句は言うまい。

ジャックが顔を曇らせたのを見て、ビビアンは不思議に思った。「なにかあったの?」

彼は携帯電話をポケットにしまった。「いや、べつに。来週、婚約披露パーティがあるらしくて、そこに招待されただけだ」

「まあ。誰が結婚するの?　家族?　それとも友達?」

「いいや。仕事の関係者だ。富豪の娘が結婚するらしい」

「それなら、出席したほうがよさそうね」

「どうかな。将来の花婿をぶん殴りそうだし」

ビビアンはぎくりとした。「殴る?　どうして?」

ジャックの薄い笑みは意味ありげだ。「そいつの名前がダリルだからだ」

ちょうどそのとき、ジャックが注文したワインをウエイターが持ってこなかったら、ビビアンは後悔するようなことをしていたに違いない。そのあとは気持ちを落ち着かせるために、たっぷり二分はかかってしまった。

当然のなりゆきだ、と冷静になった彼女は考えた。フランク・エリソンが娘のコートニーの婚約披露パーティに、ジャックを招待しても不思議はない。港に近いフランクの豪邸を建てたのはジャックなのだから。そして昨年、その内装を担当したのが私だった。それなら自分にも招待状が届いているだろうか、と思ったが、それはないだろう。ダリルについ最近まで別の婚約者がいたことを、たとえ父親のフランクは知らなかったとしても、コートニーまでが同じとは思えない。それとも、婚約者がいたとも知らずに、気づいていなかったのだろうか？　ついでに婚約者がいたとも知らずに、彼女はダリルとつき合い出したのかもしれない。

ビビアンはため息をこらえた。ダリルのことは考えたくないし、彼がコートニー・エリソンとどんな人生を歩もうが関係ない。私は前に進むだけだ。元婚約者の裏切りに傷つきはしたけれど、今はずいぶん心も軽くなった。前よりもずっと。

ウエイターがグラスに白ワインをつぎ、料理の注文を取って行ってしまうと、ビビアンはあることを心に決めた。

まず冷えたワインをごくりと飲み、次にグラス越しにジャックの目を見つめて、こわばった声で言った。「招待状には、〝同伴の方もご一緒にどうぞ〟とあるのかしら？」

ジャックはいやな予感がした。「まあね」

「そういうことなら、私も連れていって」

やはりか！　ジャックはあきれたようにため息をついた。「やめたほうがいい、ビビアン」

彼女は反抗的な目をしている。「どうして？」

「君はなにを相手にしているか、わかっていないんだ」彼も鋭く言い返した。

「よくわかっているわ。ダリルは二股をかけた卑劣な男で、最低なことをしたのに、今までなんの責めも負っていない」ビビアンはほかの客に聞こえないように声を抑えた。「婚約を破棄するときも、嘘をついたのよ。なにもやましいことはしていないって。新しい恋人と深い仲になる前に、きちんと説明して別れることが彼なりの筋の通し方だと言われて、私は信じたの。ばかよね。どうしてあの男のこととなると、こうも情けないのかしら」

ビビアンはさらに続けた。

「新聞で写真を見たとき、ダリルに会って怒りをぶつけておけばよかった。私の味わった苦痛とは比べものにならなくても、少しでも苦しめばよかったのよ。パーティは彼と会う絶好のチャンスだわ。コートニー・エリソンは、ダリルが私と婚約していたことを知っているのかしら？　彼女もだまされていたのかもしれないわ。だったら、どんな男と結婚しようとしているのか、教えてあげたいの」

「コートニーは君のことならなんでも知っているんだ、ビビアン」ジャックは正直に言った。「君と婚約していたからこそ、ダリルはコートニーの目に魅力的に映ったんだよ。誘惑をゲームのように楽しむ女だからね。僕が父親の家の建築を請け負ったときも、何度も言い寄られた。一度なんかいくつもある寝室で、裸同然の姿で迫られたんだぞ」

よほどショックだったのか、ビビアンの目は大きく見開かれている。自分なら絶対にそんなことはしない、という意味なのだろう。それなら、ベッドでたわむれだけを求める今のビビアンは、本当の彼女とは違う。彼女はきっと愛人になどなりたいわけではなく、結婚をして子供を持ちたいと望んでいる、ふつうの女性なのだ。

「ひどいわ！」ビビアンは声をあげた。「それで、あなたは……そのとき……」

「いいや、コートニー・エリソンなんかに指一本でも触れるものか」ジャックはいまいましげに答えた。

今のは、ほっとした顔だろうか？　そうならいいのだが、と彼は思った。だったら、ビビアンは僕を好きだということだ。僕が彼女を思うのと同じくらいに。

「かかわるのもいやな相手に、自分から近づくことはないじゃないか、ビビアン」ジャックは続けた。「あいつらは邪悪で、貪欲で、心のない人間だ。君のような善人は、彼らとは住む世界が違う。だから何度も言うが、ダリルのような男と一緒にならずにすんで、本当によかったんだよ」

「たしかにあなたの言うとおりよ。でも、どうしてもダリルに見せつけてやりたいの。あなたのせいで壊れたりせず、私も負けずに生きているって。あなたと一緒にパーティに行けたら、きっと最高の復讐になるわ」

〝復讐〟と聞いて、ジャックはがっかりした。ああ、なんと胸にぐさりとくる言葉だろう。しばらくの間、ビビアンを観察する。「僕はそれだけの存在なのか、ビビアン?」ジャックは静かに尋ねた。「ただの復讐の道具でしかないと?」

「えっ? いいえ、もちろん違うわ。あなたとあんなことまでしておいて、どこが復讐なの? あなたとベッドに行ったのは……つまり……欲望のせいよ」そう言いきると急に顔が熱くなり、ビビアンはあわてた。

「欲望、か」そう言い直されても、あまりうれしくはなかった。それでも復讐よりはましだ。

「ジャック、私を信じて。ダリルのことはもうなんとも思っていないわ。私たちがしていることは、あの人とはなんの関係もないの」

「さあ、どうかな。だが君が本当に行きたいなら、パーティには連れていくよ」

「ええ、行きたいわ」

「じゃあ、僕にも一つ条件がある」

「なんなの?」

「顔を見せて言いたいことを言ったら、さっさと帰るぞ。あんなやつらと一緒にいて、少しでも時間を無駄にするのはごめんだからな。もっと別の場所で有意義に過ごしたいんだ。魅力的な愛人とね」ジャックはそう言って、ビビアンにほほえんだ。

15

ジャックの意味深長なほほえみに、ビビアンは興奮した。彼といると、あっという間に体に火がつくのはなぜだろう？　ついさっきまで、婚約披露パーティでダリルに会ったらなんと言ってやろうかと考えていたのに、今はもう全身でジャックを意識している。頭の中でエロチックな空想が躍っているせいで、体はとろけそうだ。

ビビアンが化粧室に行こうと思ったとき、ウエイターがおいしそうなハーブとガーリックのパンを運んできた。

「早く帰っておいで」ジャックはパンに手を伸ばした。「これがなくならないうちに」

言われたとおり、化粧室でほてった体を冷まし、コートニー・エリソンのパーティには行かなくてもいいと思い直すと、ビビアンはすぐ席に戻った。自分でも意外だが、ダリルに思い知らせるより、ジャックがいやがることはしたくないという気持ちが勝っていた。彼を復讐のために利用している、とは思われたくない。そんなつもりはないから。

「あなたがほっとする話よ」ビビアンは椅子に座り、二切れ残っていたパンの一切れを手に取った。「やっぱりパーティには行かないことにしたわ」

だが、ジャックは思ったほど喜ばない。「へえ、どうしてだ？」

「だって、あなたも行きたくないでしょう？　私たちのせっかくの仲をだいなしにしたくないわ」

疑うようにジャックが眉を上げた。

「本当よ。私の中ではダリルは死んだも同然」ビビアンはきっぱりと言った。「もうほうっておくわ」

ジャックは少しも信じなかった。ダリルは死んだも同然どころか、ビビアンの心に深く巣くっている。そして、彼女の行動すべてに影響を与えているのだ。ビビアンが僕のベッドに飛びこんだのは、ダリルが彼女を冷たく捨てて、別の女に走ったせいだろう。復讐ではなくても、なにかの反動には違いない。もちろん、欲望にも流されたのだろうが……その行動が自分への情熱の表れなら、もっとうれしい。ビビアンはあらゆるセックスに通じた上級者だろうし、ダリルとも想像力豊かな行為を数多く経験したに決まっている。

白分としたようなことを、あんな男とも楽しんだのかと考えるとぞっとする。

だが、なやましくセクシーなところこそビビアンの魅力だし、加えて彼女には強烈な個性と勇気もある。そんな女性がダリルたちの婚約披露パーティに行きたいと言うなら、断る理由があるだろうか？

「気を遣っているんだろう？」ジャックは口を開いた。「僕たちの仲をだいなしにしたくない、と言ってくれるのはうれしいが」たとえ体だけの仲でも、とジャックは悲しく思った。「それでも、よく考えるとパーティには行くべきだ。そうでもしなければちゃんとけりをつけられないじゃないか。あいつに会って、言いたいことを言ってやればいい。君はなにも恐れていないと証明するためにも」

その言葉に、ビビアンは驚いた。「じゃあ、連れていってくれるの？」

「もちろん。さあ、食事にしようか」

ジャックがどのパスタを注文したのか、ビビアンは覚えていなかった。意識がどこかへ飛んで、まともに頭が働いていない気がする。幸い、ビビアンは食にうるさいわけでもなく、イタリア料理が大好きなのでなんの問題もなかった。目の前に置かれているのはムール貝やエビ、それにホタテやイカが贅沢(ぜいたく)

に使われた、トマトソースのパスタの大皿だ。

「すごいわ！」ビビアンはフォークを手に取った。

「食べおわるのに一晩かかりそうね」

「それは困るな」

その一言に熱い夜を予感して、ビビアンの胃が宙返りした。まったく、私ったらセックス依存症かなにかなのかしら？　気をまぎらすためにもなにか言わなくては。「ジャック」彼女は唐突に呼びかけた。

ムール貝を満足げにのみこんでいたジャックが、顔を上げ、口をナプキンでぬぐった。「なんだ？」

ああ、なぜ目の前でそんなことをするの？　あの男らしい口が与えてくれる快楽を思い出してしまう。唇や歯や舌のすばらしい感触も。いちばんのお気に入りは舌だ。肌を這(は)ったりつついたりしてから体の内側に忍びこむ、うっとりする感覚がよみがえる。

なまめかしい想像に、ビビアンの腿とヒップに力がこもった。そしてあろうことか、その場でクライマックスを迎えそうになる。フォークを置いた彼女は背中を椅子に押しつけ、暴走する体を静めようとした。「フランセスコ・フォリーのほうはどうなっているの？」仕事の話で頭を冷やそうと、ビビアンは尋ねた。「いつから住み込みで仕事を始められるかしら？」

「来週までには手続きが完了すると知らせてきたよ。引っ越しは君の都合のいいときでかまわない」

「私との契約は？」

「引っ越しの前に書類を用意する。そういえば、工事を担当する業者に連絡したんだ。信用できる男だし、地元の企業にも顔がきくからね。君が屋敷に住むなら、インテリアデザイナーとリフォームの責任者を兼任、ということでいいか？　もちろん、報酬はうわ乗せする」ジャックはそう答えると、もう一度さっとシーフードを口に運んだ。

「うわ乗せってどれくらい？」

彼が微笑する。「たっぷりだ」

「いいわ」軽く肩をすくめたものの、体の興奮は冷めない。仕事の話も効果がないなんて！

「決まりだな。さあ、食べて。料理が冷めるぞ」

食欲がわかなかったビビアンは、おいしそうにパスタを平らげるジャックを見つめながら、少しずつシーフードも口に運んだ。パスタは残したが、それでもボトル一本分のワインは飲んだだろう。僕は運転するからグラス一杯でいい、とジャックが言ったからだ。おかげで彼が空になった皿を押しのけるころには、ビビアンはすっかり酔いがまわって頭がぼうっとし、とろけるような欲望だけを感じていた。

「もう食べないのか？」ジャックがまたナプキンで口をぬぐった。

ビビアンはグラスに残っていたワインを一気に飲んだ。「ええ」

「飲み物は？　コニャックか、コーヒーでも頼もうか？」

「いらないわ。ありがとう」

ジャックはじっと彼女を見つめてうなずいた。

「そうか」彼はウエイターに合図をした。

五分後、ジャックに肘を支えられてひんやりする夜の空気に身を震わせながら、ビビアンはレストランの裏の小さな駐車場へと歩いていた。いちばん奥の隅にとめた彼のポルシェが、薄明かりの下に見える。隣は赤のベンツだ。

「寒いだろう？」ジャックが足を速める。

すっかりほてった体に、夜気はよけいに冷たく感じられた。駐車場の木の壁に面した運転席側に連れていかれたビビアンは、不思議そうに眉をひそめた。

「ここならいいだろう」ぶっきらぼうに言ったかと思うと、ジャックはビビアンの背中を車に押しあてた。「部屋に戻るまで待てない。わかるだろう、ビビアン。バッグを置いて靴を脱ぐんだ」彼は低くかすれた声で命じた。

彼女は言われたとおりにし、震える背中を車にあずけた。すると、ジャックがスカートの下に手を入れてタイツとショーツを一度に引きおろし、乱暴にはぎ取ってバッグの上にほうった。

「腰までスカートを上げて」彼がまた命じる。

嘘のようだけれどビビアンは盲目的に従い、そばで人の声がしたときも、スカートを持つ手を離さなかった。ジャックが命じれば別だが、もちろん彼はそんなことは言わず、彼女をじっと見つめて震える腿の間に手を差し入れた。そして脚を開かせ、熱く湿った体の中心に分け入った。

小さくうめいたビビアンの声がしだいに大きくなる。人の気配が消えてよかった、と彼女は思った。誰が見に来たとしても、私はやめないだろうから。

のぼりつめそうになる直前、ジャックが膝をついてビビアンの脚の間に体をかがめた。苦しそうにあえいだビビアンは、こらえきれない欲望に駆られて脚をさらに開き、彼の唇が触れやすいように膝を曲げた。すっかり高ぶった体を舌でつつくように刺激されたせいで、息をはずませながらついに解放の叫び声をあげる。

そのあとなにが起きたのかはよくわからず、車に寄りかかっていなければ、地面にへたりこんでいただろう。クライマックスの嵐が過ぎ去るまできつく目をつぶっていたせいで、ビビアンはジャックがどうしているかわからなかった。やっと生きた心地が戻ってきたころ、彼が入ってきてビビアンの体を押しあげる。目を見開いた彼女は、ジャックの紅潮した顔を見つめた。その視線は荒々しく、唇はねじまがり、彼の解放の瞬間が近いことがわかった。

かかえあげられたビビアンはジャックの腰に脚をからめ、スカートから手を離して彼の首にしがみついた。ドレスの裾が流れ落ち、カーテンのように二人の体をおおう。だからといって、完全に隠せたわけではない。誰かがそばを通りかかれば、なにをしているかすぐにわかるだろう。

ゆっくりと体を進めつつ、ジャックはうなり声をあげ、両手で彼女のヒップをつかんだ。

だがゆったりとした動きではもの足りず、ビビアンは激しい動きを望んだ。「もっと速く、ジャック」そう言いながら、彼の体を締めつけた。

「すごすぎるよ、ビビアン」しっかりとヒップを支えたジャックが大きく体を上下させると、ビビアンは息をするのも忘れた。さっきの彼女と同じようにジャックがたちまちのぼりつめ、さらなるうなり声をあげたあと、満たされた体を彼女にもたせかける。もっと欲しいと思う一方で、喜ぶジャックの姿を見て、ビビアンはうれしくなった。

しかし地面に下ろしてもらったとき、彼女は震え出した。くるおしい情熱が過ぎた体に、冷たい夜の空気がしみる。

ジャックが頭を振った。「僕たち二人はおかしいな。本当にどうかしている」

「ええ」ビビアンが歯を鳴らして答えた。「正気じゃないわ」

「誰が通るかわからないのに」

「そんなの、私は気にしないけれど」

「ああ、僕もだ。さあ、車に乗って暖まろう。こんなところにずっといるのはよくない」車内でエアコンの温風を勢いよく吹き出させ、ジャックは言った。「だが、なんとか間に合った」

「なんの話？」まだ現実の世界に戻ってきていないのか、ビビアンがうっとりとした顔で尋ねる。

「避妊具だ。かすかに理性が残っていたからね」

「ええ、そうよね」本当はそのことに気づいたのは体が離れてからで、結ばれるときには心配などかけらもしていなかった。理性はとっくに吹き飛んでも、幸い、ピルはのんでいる。それにしても、ジャックといると自分らしくもなく、すっかりまわりが見えなくなってしまう。彼も同じようすということは、二人とも欲望に目がくらんでいるのだ。

ビビアンはピルのことを打ち明けようか迷った。激しい情熱が抑えられない以上、なにも考えず、自由に愛し合えるに越したことはない。でも、ピルは避妊に役立つだけで、ほかの危険からは守ってくれない。ジャックは危ない遊びをしてきた人には見えないけれど、絶対にそうだという保証はないのだ。

「なにを考えているんだ？」赤信号で車をとめたとき、ジャックが尋ねた。

「べつに」

「おいおい、ビビアン。君の鋭い頭の中が空だったことなんてあるのか？」

彼女は膝の上に視線を落とした。バッグがふくらんでいるのは、コットンのショーツを突っこんだせいだ。ジャックが破ったタイツは捨ててきた。

しばらくうつむいていたビビアンは、やっと顔を上げて彼を見た。「明日、ものすごくセクシーな下着を買ってこようかと思って」もっともらしい答えを返す。「もう破かないと、あなたが約束してくれるならね」

ジャックがにやりと笑った。「悪いが約束はできないな。君が目覚めさせるんだ、僕の中の野獣を」

「私が？」

「わかっているくせに」

「あなたもそうよ。私を変えてしまうの」

「どういう意味だ？」ジャックが即座にきき返す。

言わなければよかった、とビビアンは思った。実は今までの経験をすべて合わせても、ジャックとしたことの十分の一にもならないなんて、今さら打ち明けられるはずがない。彼が信じるはずはないし、もし信じたとしても次は答えに困る質問が待っているだろう。ジャックが相手だとどうして別人みたいに変わってしまうのか、自分でもわからないし考えたくない。ただこの瞬間を楽しみ、彼と一緒に好きなことを言い、好きなことをしたいのだ。どんなに常識を超えた、奔放で不道徳なことでもかまわない。

ビビアンはセクシーな笑みを浮かべた。「だって、駐車場でなんて初めてよ。でも、楽しかったわ」

ジャックは苦笑いをした。「逮捕されたら楽しい、とは言っていられないぞ」

「逮捕されるかしら？」

「たぶんね」

「捕まったことなんてあるの？」自分のことから話題がそれて、ビビアンはほっとしていた。

「まだないが」信号が青に変わり、ジャックは橋に向かって車を走らせた。「今夜は僕の家にずっといられるだろう？」

「あの……泊まるという意味？」そんなつもりはなかったけれど、本当は望んでいた。裸で一緒に眠り、好きなだけ彼に触れてキスをしたい。

「なにか問題でも？」黙っているビビアンに、ジャックは尋ねた。ビビアンの頭の中でどんな考えが渦巻いているか、体がすでに熱く反応していることもわからないようだ。「朝、仕事に行く途中に家まで送るから、夜遊びしたティーンエイジャーみたいにマリオンに見つかる前にこっそり帰れる」

「マリオンなら十時まで起きないわ」なるべく事務的に話せば体のざわめきを隠せるのでは、とビビアンは思った。「仕事が二時から十時の日は家に帰れるのは夜の十一時だし、いつもくたくたに疲れているから、次の日は昼前まで訪ねてこないの」

「それなら泊まっても問題ないな」

「あなたがそうしたいなら」体のうずきを抑えながら、ビビアンは答えた。

ジャックは横目でちらりと彼女の顔をうかがった。

さっきはなにを考えていたんだ？　いくら女心が複雑でも、下着を買おうと思ったわけではないはずだ。

ビビアンは本当に謎めいている。冷静そのものの見かけに反して中身はひどく情熱的で、氷が火をおっているかのようだ。駐車場での出来事を思い出し、ジャックの体は張りつめた。

〝もっと速く、ジャック〟そう言ったビビアンの声が脳裏によみがえる。仕事のときや今の彼女からは想像もできない、乱れた奔放な言い方だった。

ビビアンを帰さなくていいなら、今夜が楽しみだ。じっくり時間をかけてじらし、とろけるような喜びで彼女を酔わせてやりたい。性急に求めるのではなく、官能的で満ち足りた時間にするのだ。やさしく背中をさすり、ヒップにオイルをぬってマッサージし、あの美しい胸を愛撫しよう。そして彼女にうっとりとため息をつかせ、今まで知らなかった本当の満足を味わわせてやりたい。

「あなたこそ、なにを考えているの？」

ジャックはビビアンの方を振り返ってほほえんだ。

「下着は買わなくてもいいと思うんだ。これからはなにも身につけないだろう？」

赤くなった彼女を見て、ジャックは驚いた。さっきまであんなことをしていた女性が、下着はいらないと言われて恥じらうのか？　まったく、よくわからない。矛盾が多すぎる。

ビビアンの家もそうだ。なぜ仕事とは正反対の殺風景な部屋に、彼女は住んでいるのだろう？　温かみのある居心地のいい空間を創造することで、業界でも評判の女性なのに。僕がモデルルームの製作を頼んだのも、彼女の人気で物件が売れたからだ。人のぬくもりが感じられないあの家には、なにか深い事情があるに違いない。あまり恵まれているとは言えない家庭環境が影響しているのだろうか？　今までつき合った女たちはきかれもしないうちから自分や家族のことを好んで話題にしたが、家族の話をするとき、ビビアンはつらそうだった。

だが、僕とビビアンが〝つき合っている〟と言えるのだろうか？　たしかに、今はただ寝るだけの仲でも、本物の恋人にするという望みは捨てていない。

いつか近いうちに、ビビアンも気づくはずだ。僕のように正直で、率直で、決して嘘をつかない男と、ベッドの中でも外でも一緒にいるほうが幸せなのだと。最低な男にひどい目にあわされた彼女に必要なのは、僕のように明るく楽しい男なのだ。そして男性不信から立ち直らせたら、ビビアンが隠しているものがなんなのか突きとめよう。

それまでは欲しいものを与えてやるんだ、とジャックは思った。そう決めても少しも苦にはならない。彼女の望みは僕の望みと同じなのだから。

16

「すごいわ、すっかりもとどおりね」マリオンがビビアンの家の浴室のドアを見て言った。「しかも、修理する人が約束の時間に来るなんて驚きよ」

「ジャックはそういう業者しか使わないんですって」色まで前と同じに仕上がった新しいドアの出来に、ビビアンも大満足だった。修理業者のバートは事前に下見に来たとき、古いドアの塗料を参考として持ち帰っていたそうだ。そしてドアの交換を三十分ほどですませたバートが帰ったあと、マリオンが訪ねてきたのだった。

「私もなにかあったらジャックに頼むわ。この手の業者って、怪しいところが多いでしょう？」

「そうね。ジャックが雇うのは、時間に正確で信用できて、いい仕事をする業者だけだそうよ」

「へえ。彼の下で働くのは大変でしょうね」

「そうね。要求も多いし」ビビアンは認めた。「でも、嘘がなくて公正なの」

「それでも、ちゃんと契約書は作らないとだめよ。いくらジャックが誠実な人でも、信じすぎてはいけないわ。人はお金がからむと変わるもの。それに、今のあなたは弱みにつけこまれやすいんだから。しかも、来週からはそばで注意してあげられる私もいないのよ。ジャックだって、ときには冷酷にならなければあんなに成功するものですか」

「平気よ、だまされないから。ところで、ダリルのときはどうして忠告してくれなかったの？」

マリオンはため息をついた。「そうよね。人あたりのいいあの色男にはすっかりだまされたわ。だけど考えてみれば、あんなにいい男なんて、いるはずがないのよ。ほめ言葉もわざとらしかったでしょう？」

「ええ、そうね。言いたいことはよくわかるわ」ダリルはいつも大げさにビビアンをほめた。しかしどんなに容姿やほかの部分を賛美されようと、その言葉が本当でないのはわかっていた。それでも、自分への愛で目がくらんでいるのだとは思っていた。実は盲目だったのはダリルではなく、私だったのに。

　それに引きかえ、ジャックは軽々しく人をほめたりしない。たまに〝美しい〟とか〝ゴージャス〟とは言うけれど、それは男が女をベッドに誘うときの常套句だ。ベッドの中ではもちろん、私の体をほめてくれる。でも胸やヒップをすてきだと言うときでさえ、長々と賛辞を並べたてたりはしない。

　その代わり、昨夜のように時間をかけて……愛してはくれる。ジャックとのセックスは、比べるものがないほどすばらしい。彼が相手なら変わった行為に挑戦する必要もなければ、刺激的な場所や体位を試す必要もない。彼はまだ待てるのかと感心するくらいじっくりとただ私の体を愛撫(あいぶ)し、あがめ、そしてあらゆる部分にやさしく触れてくれた。そうしてついに一つになったあとは、ゆっくりと体を動かしながら何度もキスをして、少しずつ興奮を高めていき、私に最高のクライマックスを迎えさせた。

それから二人はお互いの腕に頭をあずけ、横になって体を休めながら、フランセスコ・フォリーをどんなふうに変えようかと話した。そしてもう一度求め合った。ジャックは今度もゆっくりと体を沈めると、そのままいつまでもビビアンの胸を愛撫し、美しいとほめてくれた。おまけに、いつまでもこうしていたいとも言った。

今日はくたくたに疲れているはずなのに、なぜかビビアンの全身には生気がみなぎっていた。今夜またジャックに会うのが待ち遠しくてたまらない。

「そろそろ仕事に行かないと」マリオンの声に、ビビアンは我に返った。「ともかく、ダリルみたいなくだらない男のことは忘れるのよ。思い出す価値もないんだから。じゃあ、また明日ね、ビビアン」

友人に忠告されて、ビビアンはダリルの婚約披露パーティのことを思い出し、行きたい気持ちが薄れているのに気づいた。というより、ダリルへの気持ち自体が薄れてきているのだ。彼の裏切りを思うとつらいし、なんの責めも負わずにのうのうと暮らしているかと思うと腹はたつ。でも、本当にパーティでダリルと対決するつもり？　最初は反対していたジャックが行けばいいと賛成してくれたといっても、実行するにはかなり勇気がいるだろう。〝そうでもしなければちゃんとけりをつけられないじゃないか〟と彼は言ったけれど……。

たしかに、決着はつけたほうがいい。ジャックがいてくれればできる気がする。頼りになる彼なら、ひどい結果にならないよう私を守ってくれるだろう。

　ビビアンは新しい浴室のドアに手を伸ばし、前とは違ってなめらかに閉まるのを確かめてほほえんだ。やっぱりジャックは信頼できる。バートは時間どおりに来てくれたうえに、ドアを完璧に直してくれたとジャックに知らせようかしら？　そのときはメールにしておこう。急ぎの用でないなら仕事中はかけないでほしいと言われているから、電話はまずい。でも緊急でなくても、ジャックに触れたい気持ちと同じくらいに彼の声が聞きたい。よみがえる喜びに体を震わせながら、ビビアンは電話が置いてあるキッチンに急いだ。


「マリオンがちゃんと契約書を作れと言うの」その夜、ビビアンはジャックに告げた。二人は彼の高級アパートメントの心地よいベッドに身を寄せ合って横たわり、快感の余韻に酔いしれていた。「うまく利用されるかもしれない、と私を脅すのよ。あなたに冷酷なところがなければ、誰よりも成功するはずがないからって」

　ジャックが眉を上げた。「君もそう思うのか？　僕を冷酷だと」

「いいえ。仕事には妥協しない手ごわい相手とは思うけれど、あなたは信頼できる人だわ。マリオンにもそう話したの。でも安心して。本当はちょっとやわらかい一面もある、とは言わないでおいたから」

　ジャックが笑った。「やわらかい？　ついさっきは、僕のことを石みたいに硬いって言ったのに」

　ビビアンは彼の見事な胸をぴしゃりとたたいた。

「やめて。妹たちやお母さんにやさしいという意味よ。母親を大切にする男性に悪い人はいないわ」

「そうかな？　ヒトラーは母親をすごく大切にした、となにかに書いてあった」

　彼女はジャックをにらんだ。「嘘ばっかり」

「あれ？　僕が本を読まないと思っているのか？」

「そうじゃないけれど」

「昨日も工事現場で『プレイボーイ』を見つけて隅々まで読んだんだ。ためになる雑誌だよな、あれは」

　今度はビビアンが笑う番だった。「冗談はともかく、本は好き？　私はすごく好きよ」

「気晴らしにはもってこいの趣味だからな」

「私は本なしにはいられないの。眠る前は必ず……読んでいるわ」そういえば、ジャックと関係を持ってからは本を読んでいない。熱い夜を過ごすせいで、いつも疲れてしまうから。

「それにしては君の家は本が少ないね。寝室に入ったことはないが、ベッドの下に置いてあるのか？」

　この先も入ることはないわ。ビビアンは想像してぞっとした。ダリルと使ったベッドにジャックを招くなんてことをすれば、恥ずかしがり屋で不器用な自分に戻ってしまいそうだ。でも本当に……心からダリルを愛していたなら、どうしてもっと情熱的になれなかったのだろう？　ジャックとはこんなに楽しめるのに、いくら考えてもおかしいと思う。

「読んだ本は取っておかないの」ビビアンはただ質問に答えた。「近所の古本屋で二冊買って、読んだら売って、また別のを買うの。読みおわった本を持っていてもしょうがないでしょう？」

　ジャックは肩をすくめた。「そうかな。友達に貸せるじゃないか。マリオンとか」

「マリオンとは好みが違うわ。彼女が読むのはロマンスで、私が好きなのは犯罪小説だから」

「へえ。僕もサスペンスはテレビでよく観る」

「私もよ。どんなのが好き？」二人はしばらく気に入った番組の話をした。

　犯罪の裏に人間ドラマを描いた作品がビビアンの好みらしい。「結局、君もロマンスが好きなんじゃないか」ジャックは言った。「恋愛がテーマではないにしても」

「まあね。そうかもしれないわ」

「さっき、ヨーロッパに行くマリオンを空港まで送るのは土曜だと言ったかな？」

「ええ」

「それは何時だ？」

「一時くらいよ。三時の飛行機だから」

「搭乗までは、君も一緒に空港で待つのか？」

「そうね。彼女を見送りたいし」

「だろうね。週末の予定だが、土曜にフランセスコ・フォリーに行くにしても、君が空港から戻るのが四時だと遅すぎるだろう？　君が留守の間、僕も母を訪ねてくるよ。そのあと、特別なディナーを楽しもう。君がよければ、の話だが」命じるのではなく、意見を聞いてと言われたのを思い出し、ジャックは言い添えた。「君の気が向けば、夜は僕の家に泊まって、日曜の朝に屋敷に行くのはどうかな？」

「すてきね」そう答えたものの、これでは愛人というより恋人のようだとビビアンは不安になった。特別なディナーを楽しみ、ベッドをともにしたあと、次の日も丸一日一緒に過ごすなんて。それでも、二人の仲が秘密ならかまわないだろう。誰かに知られて懲りないばかな女だと思われるのはいやだし、ジャックが私と結婚するはずはない。彼の態度ははっきりしている。愚かにもジャックを愛してしまうようなことさえしなければ、私は傷つかなくてすむはずだ。

「よかった」ジャックは満足げに答えた。「さて、そろそろお代わりの時間じゃないかな……」

17

「土曜日に来るなんてめずらしいわね」ランチを食べながら、母のエレノアが言った。昼ごろに行くとジャックが金曜の夜に電話をしたら、一緒に食事をしようと誘われたのだ。

　ジャックは返事をする前に、ベビービーツをフォークで刺して口に入れた。やっぱりサラダはいい。自分では作らないが大好物だ。

　ビビアンも料理上手だろうかと、彼はふと考えた。なんでもできる彼女のことだから、きっと得意に違いない。夕食を作ってほしいと頼んでみようか？　だが、あの病院みたいなキッチンではごめんだ。まったく、自分の家となると、なぜあそこまで潔癖で無機質な雰囲気にするのだろう？

「日曜はフランセスコ・フォリーに行くから、来られないと思ってね」昨日の電話で屋敷のことを詳しく話しても、母は思ったほど驚かなかった。最近の母は以前のように物事に動じない。なんとなくうれしそうに見えるのは、ジムと一緒に屋敷で過ごすロマンチックな週末を想像しているからだろうか。

「そのうち、私も連れていってほしいわ」

「改装が終わったらね。明日は連れがいるんだ。ずっとモデルルームの仕事を任せていた優秀なインテリアデザイナーがいて、屋敷の内装を頼んだから」

「どんな人なの、その人って？」

「どういう意味かな？」

　エレノアは平然とした顔を装った。息子は昔から交際相手のことを聞かれるのが嫌いだった。しかし女の勘というか、母親の本能というか……なぜか今回の女性は特別な気がする。「若いのか、平凡なのか、きれいなのか、そういうふつうの質問よ」

「さあ、ビビアンは何歳だろう？　二十代後半くらいじゃないか？　きれいというよりは魅力的かな。緑色の目がすごく印象的で、スタイル抜群なんだ」

やっぱり！　息子は相手の女性の目の色やスタイルもちゃんと見ている。ビビアンとは、上品ないい名前だわ。「独身なの？」

「ああ。結婚する予定だったけれど、財産めあての婚約者が最近、コートニー・エリソンと結婚するために彼女を捨てたんだ。あの資産家で有名な、鉱山王のフランクの娘だよ」

「そう。気の毒ね、ジャック。その人、大変な思いをしているでしょう」

「あんな男、消えてよかったんだよ」

今のは嫉妬？　それとも嫌悪？　ジャックは不正を憎む、責任感の強い誠実な息子だ。いつか結婚すれば、きっと最高の夫になる。「ビビアンも同じ考えなの？」エレノアは静かに尋ねた。

皿を見つめ、ジャックは顔をしかめた。どうだろう？　僕の下で喜びにあえぎ、満足した体を僕の腕の中で休めているビビアンを見れば、あの男の存在は頭から消えているように思える。だが本当にそうだろうか？　ベッドの上でビビアンが奔放なのは、演技じゃないのか？

それでもクライマックスだけは本物だと確信できる。あれほど激しい感覚を演じられるわけがない。

「まだ無理だろうね」ジャックは質問に答えた。「早くそう思える日がくるといいけれど」

言ってから、彼はすぐにしまったと思った。

顔を上げると、母がじっと見ている。

「あなた、ビビアンが好きなのね？」

ジャックは観念した。「そうだよ」短く答えて、アスパラガスをフォークで突き刺した。

「彼女もあなたを好きなのかしら？」

「そうだよ」

「あなたたちは深い関係なの？」

ジャックはため息をついてフォークを置いた。

「母さん、いいかげんにしてくれよ。僕はもう三十七だよ。誰と寝ようが母さんには関係ない」

「あなたは息子なのに、関係ないはずがないわ。早く落ち着けとか、結婚しろとか言われると思って警戒しているの？　言えば効果があるのかしら？　本当にもったいないわ。あなたみたいないい男と結婚できる女は幸せなのに。それに、きっと最高の父親にもなるわ」

あきれたように目をくるりとまわし、ジャックはまたサラダを食べはじめた。

「彼女が恋に落ちたらどうするの、ジャック？　そんな悲しい目にあったあとなら、あなたに本気になるかもしれないわ」

彼は母をにらんだ。「ありえないよ。僕とビビアンは楽しいからつき合っているだけで、面倒なことや深刻な話はごめんなんだ」そう答えたものの、正反対の展開を望んでいる自分に気づき、はっとした。

「でもね、ジャック、体の関係が愛につながる場合もあるわ。女は好きでもない相手と親密にはなれないもの。あなたはどう？　もし彼女を愛してしまったらどうするの？　考えたことはあるのかしら？」

ジャックは歯ぎしりをした。なぜ母に言ってしまったのだろう？　ビビアンの言うとおりだ。この手の話は秘密にしておくに限る。「冗談じゃないよ、母さん。誰かを愛するなんて、僕に限ってあるわけがない」

エレノアは笑った。「人は愛そうと思ってそうなるわけじゃないわ。自然と愛してしまうものなのよ」

ジャックは母を無視した。

「私、ビビアンに会ってみたいわ」

彼は乱暴にフォークを置いた。「母さん、僕たちはそんなに深い仲じゃないんだ。母さんがビビアンに会う必要なんてないし、彼女だっていやがるよ。僕たちは一緒にいられるだけでいいんだ。どちらも恋に落ちたりするもんか」

エレノアはため息をついた。こういう話になると息子はかたくなだ。ビビアンを愛していないとは言うけれど、ただ気づいていないだけなのだろう。婚約者の話をしたとき、ジャックの声には嫉妬が感じられた。そもそも女性の話をすること自体、何年もなかったことで、それだけ特別な相手なのだろう。

「いいわ、もうビビアンのことをきいて、あなたをわずらわせたりしない」

「よかった」ジャックはぴしゃりと言った。「じゃあ、僕が食べおわるまで黙っててもらえるかな？」

18

「昨日はお母さんに会ってどうだった？」翌朝ネルソンベイに向かう車の中で、ビビアンはジャックに尋ねた。「ゆうべ、きこうと思って忘れていたわ」

本当のことを言うと、土曜の夕方から彼に会うことばかり考えて、なにも手につかなかった。金曜日に会えなかったせいでジャックが欲しくてたまらず、レストランでディナーをとる間も、なにを食べてなにを話したのか覚えていない。そしてタクシーで彼の家に向かったときは、とんでもないまねをしそうな自分と闘っていた。だから、ジャックがキスをしてスカートに手を入れてきた際は大変だった。よく小説にはタクシーの後部座席で愛し合う描写があるが、現実には起こらないと思っていた。でも本当は、自分も経験してみたいとずっと願っていた。

　ショーツの上から触れられてもう少しで達しそうになったことを思い出し、ビビアンは震えた。けれど勘の鋭いジャックは寸前で手をとめ、彼女を欲望にもだえさせた。あのときは冷静でいるジャックを憎らしく思ったけれど、実は彼も無理をしていたのだ。家に着いて玄関のドアを閉めたとたん、まともに服も脱がないうちにビビアンをドアに押しつけ、激しく求めたからだ。

　二人とも避妊具を忘れたことに気づかず、あとでジャックは何度も謝った。ビビアンもショックだったが、ピルをのんでいたから心配はしなかった。しかし平謝りの彼が気の毒になり、ピルのことは打ち明けた。そして、健康上の不安はなにもないとジャックに聞いてからは、なにもつけずに体を重ねた。よけいな手間から解放され、直接彼を感じられるのはとてもすばらしかった。

　ジャックはビビアンをちらりと見て質問に答えた。

「楽しかったよ。好きなサラダも作ってもらったし。母にはフランセスコ・フォリーを買ったことと、内装を君に頼んだことを話した。今日、君を連れて屋敷に行くことも言ってあるんだ」母が彼女と会いたい、と言ったことは伏せておいた。

「変に思われなかったかしら」

　ビビアンを振り返り、ジャックは顔をしかめた。どうして女はみんな、こうも勘が鋭いのだろう？　不思議だ。「なぜ変に思うんだ？　君には何度も仕事を頼んだと、母には説明した」

「でも、今日は平日じゃなくて日曜よ、ジャック」

　彼は肩をすくめた。「僕が休み返上で働くなんていつものことだと、母はよく知っている。そんなことより、来週の土曜のパーティは心配じゃないのか？　パパラッチもいるし、僕たちも写真を撮られるかもしれないぞ。日曜版のゴシップ記事にでもなったら、どう説明するつもりだ?」

言われて初めて気づいたが、そう心配することでもない。「大丈夫よ、ジャック。私たちはセレブじゃない。あなたのマスコミへの露出度は低いうえに、私は一般人よ。誰も写真なんか撮らないわ」

「それでも忠告はしておくよ」

「わかったわ。ねえ、なにかほかの話をしましょう。土曜のことは考えたくないの。歯医者と同じで、パーティには行きたくなくても行くけれど」

「歯医者だって?」

「そう。私、歯医者が大嫌いなの。担当医はとてもやさしくて、ばかみたいとは思うのに、十年ぶりに行ったら緊張して吐きそうになったわ。それ以来、半年ごとに検診を受けることにしたけれど、予約の日が近づくとやっぱり緊張するの。診察台にのる前に心配していたら神経がまいるだけから、考えないように自分を鍛えたわ。だけど、診察のときはまだぞっとする。ともかく、婚約披露パーティに行くと考えると、同じことが起きるの……フランク・エリソンの豪邸を想像するだけで」

「嘘だろう?」ジャックはおどけた調子で言った。「堂々としていればいいじゃないか」

ビビアンは肩をすくめた。「それでも、いろいろと準備は必要よ。まずはドレスね。みすぼらしい姿では行けないでしょう? 正装と指定されていた?」

「ああ、黒の蝶ネクタイ着用、と書いてあった」

「つまり、タキシードとイブニングドレスは必須ね。タキシードは持っている?」

「買うよ」

「借りればいいのに」

「借りるくらいなら買ったほうがいい。ところで、なぜ歯医者は半年に一度なんだ? 君みたいなきれい好きが、歯だけは例外なのかな？」

「えっ？　あれは……最近の話じゃなくて十年前、私が十七のときの話よ。両親が離婚して、母は私を歯医者に連れていかなくなったの。高校の卒業前に歯が痛くなって、やっと自分で行ったのよ」

「お母さんが連れていかなかった？　なぜだ？　お金に困っていたのか？」

「いいえ、お金はあったわ。でも母は……ちょっと複雑で説明できないの、ジャック。お願いよ、あのころのことは思い出したくない。自分一人でなんとかやってこられたし、今は少しも困っていないから。ほらね」そう言って、ビビアンは真珠のように美しい白い歯を見せた。

ジャックは黙って彼女の必死な目を見つめた。そうはいっても、精神的なダメージは残っているようだ。おそらく、ビビアンの母親は離婚で精神を病んだのだろう。離婚を死と同じに思う人もいる。父を亡くした母もひどく気落ちしてなにもできなくなり、立ち直るまで何年もかかった。ビビアンの母親もおそらくショックのあまり、一人娘に愛情を注げなくなったのだ。彼女の話から察すると、育児放棄をしていたのではないか。

もっとビビアンのことを知りたいと思ったが、彼女はすっかり心のシャッターを閉めたような暗い顔をしているので、ジャックは話題を変えることにした。「今日はさっそく仕事があるかもしれないぞ、ビビアン」

彼女がうれしそうな顔でジャックを見る。「まあ、どんな仕事かしら？」

「たいしたことじゃない。どこから手をつけるか決めて、屋敷にあるものをいかすのか、壁まで取り払ってすっかり新しくするか考えたいんだ」

「壁はあのままがいいと思うわ。部屋のレイアウトはすばらしいもの。でも、インテリアはやり直しね。

とくに浴室とキッチンはひどいわ。寝室は壁をぬり替えて、カーペットを交換すればよくなると思う。それから家具を入れる前に、悪趣味なカーテンは取りはずさないとね。朝日がまぶしくないように、窓は少し色の入った二重ガラスがいいかしら」

「すごいな。ずっと考えていたのか?」

「金曜はひまだったから、仕事をしていたの」

「いい子だ」

「早く引っ越したいわ。次の日曜はどうかしら? 契約書は間に合いそう?」少し厚かましいとは思いつつも、ビビアンはきいた。

「日曜でいいよ。今週じゅうには契約書を用意して、きちんとサインをすませよう」

「すてき」

「だが、あんな広い家で一人は寂しくないか?」

ビビアンは首を振った。「ずっと一人で暮らしてきたから大丈夫よ、ジャック」

また謎の発言だ。あとで詳しくきいてみたいが、今はやめておこう。

「それどころか、とても楽しみなの」

ジャックも同じ気持ちだった。先週のようなことは長く続けていられない。夜の半分をビビアンと過ごしていたら、次の日の仕事に集中できないのだ。セックスはいつも熟睡を約束してくれるから、よく眠るにはビビアンと一緒なのがいちばんなのだが。

実は、近々納期を迎える大切な仕事を終わらせなければならず、ジャックも部下も休んでいるひまなどなかった。しかし、今のままでは社員の手本にはなれない。ビビアンがシドニーにいると思うと我慢できなくても、フランセスコ・フォリーにいるなら話は違ってくる。ビビアンに会えないのは寂しいが、そのぶん週末は楽しくなるだろう。金曜の夜に屋敷を訪ねる自分の姿が目に浮かぶと、なんでも要求に応じてくれる彼女に、彼はどんなことでもできそうな気がした。

　そのときフロントグラスに雨粒があたり、ジャックは不満げな声をあげた。雨の中を運転するのは嫌いだ。しかも、三十分もすると雨足が強まったので、レイモンドテラスのいつもの店に寄ってやり過ごそうとした。だが店の外に出たときも雨はまだかなり降っていて、二人はポルシェまで走った。

「雨は嫌いだ」ジャックがぼやいた。「建築業者の敵だな。工事が遅れてしまう」

「でもフランセスコ・フォリーは心配ないわ。ほとんどは屋内の工事だから」

「そうだな。改装にどれくらいかかる？　クリスマスまでには終わらせたいんだが」

「あなたが手配する業者によるわね」

「彼なら信頼できる。だがもしだめだったら、君に鞭（むち）を鳴らしてもらおうかな」

　ビビアンは笑った。「私にはそういう趣味はないって言ったでしょう？」

「寝室ではそうでなくても、仕事のときは厳しいじゃないか。僕はずっと見ていたぞ。思うとおりにならないと、君は絶対に許さない」

「よく言うわよ、あなたこそそうじゃないの」

「僕たちは似た者同士ということかな？」

　顔を見合わせ、二人は笑った。

　急に不思議な感覚に襲われて、ジャックはうろたえた。あわてて道路に視線を戻した彼は、眉間にしわを寄せてきいた。「今なら僕のことが好きだろう、ビビアン？」

　そうきかれて、彼女は驚くと同時に不安になった。会うたびに好きになっていると認めるの？　好きという気持ちと欲望がからみ合ったら……どれくらいで愛になるものなのかしら？　一週間？　一カ月？　それとも半年？

　フランセスコ・フォリーの改装が終わるころには

ジャックに深入りしすぎていそうで、ビビアンは怖かった。彼との関係がどういうものかはわかっているつもりだ。結婚もしないし、子供も欲しくないとジャックは正直に言った。欲しいのは永遠の愛ではなく、友情と快楽だけだと。彼は嘘をつかない。そこがジャックのいちばん好きなところでもある。

「ええ、とても好きよ」ビビアンは正直に答えた。

ジャックの胸が幸せでふくれあがったとき、母の言葉が脳裏によみがえった。

〝人は愛そうと思ってそうなるわけじゃないわ。自然と愛してしまうものなのよ〟

ああ、神様、と彼は思ったが、困るどころか、実際はその反対だった。愛や結婚や子供の誕生などの幸せをこれまで信じられなかったのは、責任を負うより自由でいたかったからだ。しかし今のように誰かをいとしいと思っていると、そういう幸福が欲しくなる。ビビアンと結婚して、子供を持つほどすばらしいことがほかにあるだろうかと、この僕が思っているとは。まったく、すごいことだ。

だが、重大な問題でもある。ビビアンは僕を愛しているわけではない。

「よかった」どこか虚ろな声で、ジャックは返事をした。「見てごらん、雨がやんだ」雨の中にたたずむフランセスコ・フォリーも美しいのだろうか？ビビアンがあの場所と、そして僕に恋してくれるように、いつもどこから見ても美しい屋敷であってほしい。すぐに彼女がどこかに消えるわけではないから、どんなに時間がかかってもかまわない。

契約書にサインをすれば、屋敷の改装がすむまで二人は一緒にいられる。つまり、ビビアンの愛を得るまであと数カ月の猶予があるのだ。それなら一日一日を大切に使わなくては。

19

婚約披露パーティのことは心配していない、とジャックに言ったのは嘘だった。土曜の朝に目覚めるなり、ビビアンの胃はさっそくむかむかしていて、いよいよダリルとの対決の日がやってきたと考えると、気分はさらに悪くなった。

　昨夜ジャックのアパートメントに泊まらなかったのは、今朝早く近所の美容院を予約してあったからだ。一カ月半おきくらいに通っているそこで、ビビアンはシャンプーとカットとブロー、それにペディキュアとマニキュアをしてもらっていた。美容院の主人は四十代前半の明るく話し上手な女性で、来る人をみんないい気持ちにしてくれる。だが今朝のビビアンはそうはいかず、どんよりした気分はなかなか晴れそうになかった。

「ネイルの色はどうしましょうか？」美容院の女性店員が尋ねた。

「赤にするわ」ビビアンはクローゼットの表にかけた赤のイブニングドレスを思い出して答えた。ずっとしまいこんだまま出番がなかったそのドレスは、目が飛び出るほど高価だった。「鮮やかで、深みのある赤をお願い」

「これがすごく人気なんです」女性店員は、中で炎が揺らめいているような赤いマニキュアの小瓶を見せた。「〝緋色の女〟という色で、もしよろしければ同じ色のリップグロスもご用意しますよ」

　顧客に商品を買ってもらうと、彼女に手数料が入るのだろうかとビビアンはふと思った。ヘアケア製品や化粧品はインターネットで買っているので、いつもなら美容院で勧められてもうんとは言わないのだが、今日はリップグロスを買ってみることにした。今夜を思うと不安だけれど、なんとか外見だけでも自信たっぷりに見せたかった。

夜の八時になるころには、ビビアンの緊張はとんでもないことになっていたが、玄関を開けて彼女を見たジャックの顔は満足げだった。正装に身を包んだ彼は見とれるほど颯爽としていて、ビビアンは気がまぎれてよかったと思った。セクシーでハンサムなだけでなく、ジャックはとても洗練された雰囲気をも漂わせていた。

「すごいじゃない、ジャック！」彼が口を開くよりも早く、ビビアンは声をあげた。「すっかり見違えたわ。そのタキシードもすてきね。まるであなたのためにこの世にあるみたい」実際、タキシードはどこを見てもしわ一つなく、ジャックのたくましい体にぴったりだ。ジャックのフォーマルな装いを想像すると少しちぐはぐな感じがしたのに、現実の姿は大違いだった。

ジャックがほほえんだ。「そうなんだ。体に合う服が見つからなくて、しかたないから注文したんだよ。でも、君のほうこそすてきじゃないか。赤がよく似合っているよ」

なぜか、ビビアンは赤い服をほとんど着たことがなかった。あまりに高慢で大胆不敵という印象があったからだ。でもその色こそ、今夜の私には必要だろう。しかもただの赤ではなく、ドレスもマニキュアもルージュも濡れたように輝く真紅なので、見る人に強烈な印象を与えるはずだ。ドレスもいつもとは全然違い、体のラインを際立たせる細身のデザインを選んだ。襟元はハイネックながらも背中は大きくあいていて、後ろにはちゃんと歩けるよう裾から膝のあたりまで長いスリットが入っている。

「古い銀幕の世界から飛び出してきたような姿だ

な」ジャックは言った。「そのヘアスタイルも」

ビビアンは耳の上にある、ジュエリーがちりばめられた髪飾りに手をやった。長くつややかな髪は一方にまとめられ、片方の肩から流れ落ちている。そういえば、四〇年代の大女優はみんなこんな髪型をしていた。

「本当にいいと思う?」震える声で、ビビアンは尋ねた。また胸がどきどきする。

「いいに決まっている」ジャックは答えた。「今すぐ食べてしまいたいぐらいだよ。だから、そんな自信のなさそうな態度はやめたらどうだ? 別れた婚約者を後悔させて、その相手を嫉妬させたいなら、今夜の君は勝ったも同然なんだから。ただ、君自身が後悔するはめにならなければいいが」

「後悔ですって?」急にきっとなって、ビビアンは問い返した。「そんな気持ちになるようなことはなにもしていないわ」

「今はまだね。しかし、敵に攻撃を仕掛ければ、必ずこちらにも返ってくるものだ。そんなことを言っても、もう遅いか。シンデレラは舞踏会に行く時間だ」

ビビアンはあきれたように目をくるりとさせた。

「シンデレラはこんなドレスを着たりしないわ」

「まあね」ジャックは彼女の全身に熱をおびた視線を這(は)わせた。

「つまり、私たちはお似合いのカップルなんだわ。あなただって王子様には見えないもの」ビビアンも言い返した。「さっさと行って言いたいことを言ったら、すぐ帰りましょう」そうすれば、このどうしようもない胸の高鳴りもおさまるだろう。

幸い、ジャックはそれ以上なにも言わなかった。車に乗ってからも話題になったのはパーティとは関係のない事柄で、ビビアンはほっとした。

「明日はいよいよ引っ越しだな。もう用意はできているのか？」

「もちろん」ビビアンは答えた。「そういうことは得意なの。荷物はもう車に積んであるわ」

「九時ごろ、車で君の家に行く。君も車に乗って、僕のあとをついてくるといい」

「そうするわ。屋敷の鍵はもらった？」

「まだだ。行く途中で受け取ることにしている。ついでに君を紹介したいから、リフォームを請け負ってくれる建築業者のオフィスにも寄るつもりだ。彼の名前はケン・ストラザーズというんだ」

「わかったわ」

「今夜は、ダリルの両親も来るんだろうか？」

　突然話題を変えられて、ビビアンはあわてた。

「どうしてそんなことをきくの？　来ないでしょう。ご両親とは絶縁状態だと、ダリルからは聞いているわ」

「そう聞いていても、少しも意外じゃないな」

「あまりいい人たちじゃないと、彼は言っていたわ。十歳のとき、孤児院に預けられたそうだし」

「で、君はダリルのその話を信じたんだね？」

　ビビアンははっとし、そしてため息をついた。

「ええ、信じたわ。ばかよね。でも、愚かな私はもうおとなしく眠らせてあるの。今なら、ダリルに〝地球は丸い〟と言われても信じないわ。あの男のことは心底軽蔑しているし、本人にもそう言ってやるつもりよ。あなたに言われたとおり、今夜こそけりをつけてみせる」

　ジャックは横目でビビアンを見た。つややかな赤いリップグロスをぬった彼女の唇は、ぎゅっと結ばれている。

　やれやれ。今夜は大変なことになりそうだ。

20

エリソン家の大邸宅の警備は厳重で、門のところでとめられたジャックは招待客かどうかリストと照合されたうえに、運転免許証の提示も求められた。二人が見てすぐにわかる有名人ではなかったからだろう。あたりにパパラッチがひそんでいる気配はなく、上空ではヘリコプターが旋回しているが、あれは取材用ではなくどうやら警備用らしかった。

敷地内の広大な駐車場を警備員に教えられたあと、夜空を背景にひときわ美しく光り輝く屋敷を見あげて、ジャックは誇らしい気分になった。彼はフランクに提案し、屋敷のあらゆる場所に数千もの照明で光の装飾を施していた。おかげで建物の正面も、屋根も、庭も、それに重厚な玄関へと通じる二十四段ある階段もまばゆい。

「あなたが建てた家の中では、ここがいちばん大きいの？」ビビアンが尋ねた。

彼女の左肘を支えながら、ジャックは慎重に階段をのぼっていた。「ああ、もちろん。君が内装を担当した家の中でも、ここは桁違いの規模だろう？」

「そうね。アシスタントをおおぜい雇っても、完成まで半年以上かかったもの」

「建築には二年かかったよ」

「そうでしょうね。たっぷり報酬をもらえたならいいけれど」

彼がにやりと笑う。「ごっそりいただいたとも」

「よかったわ」答えたビビアンの表情は、またしても険しくなっていた。

広い玄関ポーチに着くと、パーティ会場と二人を隔てるものは巨大なドアだけになった。中から聞こえてくる音楽に、ビビアンは鋭く息をのみこみ、肩をこわばらせた。

「気が変わったと言っても、もう遅いぞ」ジャックは静かに彼女に寄り添い、呼び鈴に手を伸ばした。

ところが手がそこに届くより先に、巨大なドアが引き開けられ、同じくらい巨大なフランク・エリソンが姿を現した。六十代の彼は赤らんだ顔をしていて、大きな腹が突き出ている。

「このいまいましい扉は開けておけと言ったのに」彼は来客に気づかずにつぶやいた。「やあ、ジャックじゃないか。うれしいね、よく来てくれた。そちらのすばらしい美女はどなたかな?」

仕事のときと別人のようでは無理もないが、ビビアンだとわからないらしい。

それにしても……。

フランクとはこういう人だ、とビビアンは思った。この屋敷で何カ月間働いていても、彼とはほとんど言葉を交わさなかった。フランクが彼女をまともに見て話したのは、〈クラシックデザイン〉のオフィスにやってきて仕事を発注したときだけだった。

〝金に糸目はつけないよ〟フランクは言った。〝みんなにもそう伝えてくれないか。王族や大金持ちのシークの宮殿のような屋敷にしたいんだ。わかったかい、お嬢ちゃん?〟

だからビビアンは注文どおり、宮殿のような屋敷に仕上げた。床には贅沢(ぜいたく)にイタリアの大理石を使い、アンティークの貴重な家具を配し、どの壁にも富の香りがするように恐ろしく高価な美術品を飾った。

「ビビアンです、ミスター・エリソン」彼女はすました笑顔で挨拶をした。「ビビアン・スワンです。ここの内装を担当したのですが、お忘れですか?」

フランクは少しもきまり悪そうにしなかった。

「よく覚えているよ。ただあんまり見事な赤いドレスのせいで、わからなかったんだ。しかし、ジャックとつき合っているとはね。シドニーでいちばんのインテリアデザイナーと紹介されたときにはちっとも気づかなかったよ。そもそも、あれはちょっと偏った推薦だったのかな、ジャック?」うんうんとうなずき、ウインクをしてにやりと笑う。「いやいや、君の仕事ぶりはすばらしいと思っているよ、お嬢ちゃん。二人とも最高だ。この家にも大満足だし、今夜はめでたい。なにしろ、うちの娘がとうとう、子供を授けてくれる男を見つけたんだ。しかも、そいつが娘と結婚してもいいと言うんだから」

娘の婚約者に私という元婚約者がいたことを、フランクはまったく知らないのだ、とビビアンは思った。この家の新築祝いのパーティにもダリルと一緒に来たのに、覚えていないのかしら? もっとも、ほかの著名な招待客をもてなすのに忙しくて、私やダリルの印象は薄かったのかもしれない。

ともかく、それなら好都合だ。ここに来たのは、フランク・エリソンとやり合うためではない。

そのときほかの招待客が到着し、フランクは二人を屋敷の中へと招くと、そちらと話しはじめた。

「彼は、君がダリルの婚約者だったことを知らないらしいな」ジャックがささやいた。二人は巨大なシャンデリアの下、床に大理石を敷いた広い玄関ホールを歩いていた。

「そうね。もしかしたら、コートニー・エリソンも知らないのかもしれないわ。新築祝いに来たとき、私はまだ婚約指輪をしていなかったから。ダリルからプロポーズはされたんだけれど、実はその……指輪は買ってなくて」婚約指輪を自分で購入したなんて、ジャックにはとても言えない。言葉にするだけで、なんだかとてもみじめだ。「彼女もダリルを信じただけかもしれないわ。全部嘘なのに」

ジャックがふんと笑った。「コートニーは君を知っている。賭けてもいい」

まるでその言葉が合図だったかのように、コートニーが姿を現した。ビビアンの真紅のドレスが地味に思えるほどきらびやかなカクテルドレスの裾を揺らしながら、巨大なリビングルームへと続く三段の階段を歩いている。彼女のために特別に仕立てられたとすぐにわかる黒いドレスは肩紐がなく、ビーズ刺繍を施した身頃が、豊胸手術がしてあると思われる見事な胸をかろうじて隠していた。スカートは黒のシフォンで、胸のすぐ下からゆったりと広がるデザインが大きなおなかをめだたなくしている。ハンカチーフカットの裾からのぞいている足首は細く、はいている靴は今までに見たこともないほどセクシーで派手だ。けれどさらに華やかなのは、コートニーがつけている見事なダイヤモンドのイヤリングだった。

コートニーの顔をいくら見ても、肌のきめは完璧に整っているうえに鼻はかわいらしく上を向き、唇はふっくらしていて、欠点など見つからなかった。だがどこまでが自然で、どこからが整形外科医の巧みな技術によるものなのかはわからない。父親があのとおりの美形とはほど遠い容姿なら、遺伝子には期待できないはずだ。だとしたら、コートニーは母親似なのだろう。フランク・エリソンには妻みたいな立場の美女が何人もいる。彼のような男は、平凡な女を相手にしないのだ。

それでも、コートニーの長くクリーム色がかったブロンドの髪は、本物ではないだろう。根元が黒いのがその証拠だが……彼女にはよく似合っている。コートニーがすばらしくセクシーな女性であることは間違いなく、こんな人に迫られながら拒絶できたジャックはすごい、とビビアンは感心した。

そのときコートニーから少し遅れて、ダリルがシャンパンを飲みながらやってきた。ビビアンにはまったく気づいていないらしく、思わせぶりな笑みを浮かべた美しい黒髪の女性だけを見つめている。やっぱり、ろくでなしはいつまでたってもろくでなしだ。黒髪の美女と元婚約者を見比べながら、ビビアンは悲しくそう思った。

ディナースーツを着て蝶ネクタイをしたダリルはたしかに上品でハンサムだが、ジャックの圧倒的な魅力には遠く及ばない。広い玄関ホールを歩くダリルを観察しているうち、ビビアンはその欠点に気づいた。なんてきざな歩き方かしら。それに、メッシュを入れたブロンドの髪を額にたらしているところも、若い男性ならいいけれど、三十代の彼には似合わない。

ダリルを見ても少しもつらくなく、嫉妬も恨みも感じない自分に、ビビアンはほっとした。ただほんの少し、ダリルの子供を身ごもったコートニーを気の毒に思っただけだ。あの男はきっと最低の父親になるに違いない。

「ジャック！」コートニーは一方的に話しかけながら、彼の頬に長すぎるキスをしてビビアンに鋭い目を向けた。彼女が誰か思い出そうとしているのだろう。「また会えてうれしいわ。ありがとう、来てくれて。贈ってくれたプレゼントもすてきだったわ」

ビビアンの眉が持ちあがった。ジャックがプレゼントを贈った、ですって？

「母が、アイロンはいくつあってもいいと言うものだから」すました顔で答える彼の横で、ビビアンは驚きをこらえた。大富豪の娘にアイロンですって？服にアイロンをかける機会なんて、きっと一生あるはずがないのに。

コートニーのとまどいの表情は、ジャックからのプレゼントがなにか見ていないせいだろう。きっと数えきれないほどある寝室のどこかに、包装紙をはがしたプレゼントを山のように積んでいるのだ。

ダリルがやっとフィアンセに追いついた。そしてコートニーの目の前に立っている女性が、別れた婚約者だと気づいた。「嘘だろう！」か細く甲高い声で叫ぶ。「ビビアンじゃないか！」

コートニーがブロンドの頭をぱっと後ろに引いて、ビビアンとダリルとジャックを見つめた。

「悪い冗談かしら？」彼女の磁器のような頬が怒りで赤く染まる。

「とんでもないよ、コートニー」ジャックが絹のようになめらかな声で答えた。「ダリルが新しい人生を歩んでいるように、ビビアンも前に進んでいるんだ。僕の……親しい友人として。君に婚約者を横取りされたことなんて、彼女はもう全然気にしていない。そうだろう、ビビアン？」

「ええ、ダーリン」愛情をこめた呼び方をしても、ジャックが目をぱちくりさせなかったのは助かった。その瞬間、ビビアンはダリルをののしるのはやめようと決めた。ジャックと彼の前に現れただけで、最高の復讐にはなったはずだ。ダリルがショックを受けたのは明らかだし、怒った顔を見ただけで胸がすっとした。コートニーの反応も期待どおりだった。

やっぱり、彼女は最初から私のことを知っていたのだろう。なんでも自分が中心で他人への興味が薄い父親と同じで、さっきは私を見てすぐに誰か気づかなかったけれど、ダリルとの関係もなにもかもちゃんとわかっていたのだ。それなら、もうコートニーを気の毒とは思わない。彼女ならダリルとお似合いだから、虚栄心にまみれた、貪欲で、自分勝手な男の妻にでもなんでもなればいい。

「あなたのおかげで目が覚めたわ」ビビアンは美しくほほえみ、ジャックの腕にやさしく触れた。

コートニーの青い目に影が落ちる。「あら、そう」吐き出すように彼女は言った。

そこへフランクがやってきて、会話はとぎれた。

「なんだね、こんなところで立ち話か？ さあ、料理とワインをたっぷり用意してある向こうに行こう。特別注文の品をぜひ味わってくれないと困るぞ、ジャック、それにビビアンもだ。ロシアからはキャビア、フランスからはトリュフと最高のシャンパンを取り寄せた。うまいぞ、あのシャンパンは」

それから二十分は何事もなく平和に過ぎた。なにも知らないフランクが、ジャックとビビアンにせっせとシャンパンやキャビアを勧めている間に、コートニーはダリルを連れてどこかへ消えたようだ。コートニーはそうとう怒っていたから、たぶん恋人同士でちょっとした口喧嘩をしに行ったのだろう。自分にそんな力があったのかと思うと、ビビアンはうれしかった。それだけ私が美しかったということだ。

フランクがやっといなくなって大きなテラスに出ると、ビビアンは金持ちの俗物のつまらないおしゃべりから解放されてほっとした。彼らは豪邸を持ち、ピカソの絵を何枚か持っているだけで、人よりすぐれているつもりでいるのだ。

「僕は君のダーリンになったんだね？」それがジャックの最初の言葉だった。二人は美しくライトアップされた巨大なプールのそばを歩いていた。外には誰もいないが、暖を取るためのヒーターがいくつも置かれている。

「ごめんなさい、つい口から出てしまったの。ダリルみたいにさっさと新しい相手に心を移したように見えれば、復讐になるかと思って。気を悪くした？」

あたりまえだ、とは言えない。「いいんだよ」ジャックは嘘をついた。「さっきの君は立派だった。自分が後悔するようなことを言うより、気高くいるのがいちばんだ」

「正直でいることも大切よね」

「ああ」

「それなら心から感謝しているわ、ジャック。そばにいてくれてありがとう。あなたはすばらしい人よ。ダリルなんか足元にも及ばないわ」

ジャックは胸がいっぱいになったものの、喜びを顔に出さないように努めた。いくらほめてくれても、ビビアンにまだ別の人を愛する心の準備ができたわけではないからだ。

「うれしいね……ダーリン」雰囲気を明るくするために、ジャックはにっこりと笑った。「まだここにいるつもりか？」

「ええ」帰りたい気持ちを抑えて、ビビアンは答えた。「フランクの機嫌を損ねるとまずいでしょう？私はかまわないけれど、あなたは彼を敵にまわさないほうがいいわ」

「エリソンなんてどうでもいい。僕は彼の助力がなくてもやっていける。だが君がかまわないなら、もう少しダリルにいやな思いをさせようか？」

「いいわね。でもシャンパンを飲みすぎたみたいだから、化粧室に行ってくるわ。待っていてくれる？」ジャックに空のグラスを預けて、ビビアンは中に戻っていった。

その背中を見送りながら、ジャックは思った。ビビアンは最高の女性だ。彼女と結婚する男は幸せだ。

ため息をつき、近くのテーブルにグラスを置いて、しばらくあたりを歩く。やっぱりビビアンを連れて帰ろうと思い直して建物に戻ろうとしたとき、ズボンの前を直しながらプールハウスからこそこそと出てくるダリルを見つけた。彼の後ろでは先ほどのセクシーな黒髪の女性が、乱れたドレスを直しつつくすくす笑っている。ジャックに気づいたダリルはなにか言って彼女を追い払うと、目を細くし、媚を売るような卑屈な顔で近づいてきた。

「誤解しないでくれよ」

「なんの話だ？」ジャックは冷たく答えた。

「僕やコートニーにかまうなってことだよ」

「おまえがどうなろうが知ったことじゃないが、ビビアンにだけは近づくな」

ダリルは笑った。「近づくかよ、あんな変な女。病的なきれい好きで、ベッドの上では退屈だし、どこがいいのかね。まあ、体だけはいいが」

ジャックは歯を食いしばった。恋する男にできることは限られている。彼は右の拳を突き出し、ハンマーのような一撃をダリルの腹部に食らわせた。うめき声をあげて腹をかかえ、ダリルが破れた風船のように肺から空気を吐き出す。ジャックの足元に倒れまいとしたせいか、彼は体を無理に起こそうとして後ろにのけぞり、プールの縁でバランスを崩した。そしてぶざまに腕を振りまわしたあと、水に落ちた。

叫び声をあげなかったのは幸いだった。それにしても肺に空気は残っていないだろう。ジャックが見ていると、ダリルは水面に顔を出して咳きこみ、なにかどなった。そこへビビアンが帰ってきた。

「どうしたの？」水の中でもがいているダリルを見て、彼女は言った。「酔っぱらっているの？」

「そいつに殴られたんだ！」ダリルが叫ぶ。

「当然の報いだろう」ジャックの声は冷たい。

やっとのことでダリルはプールから這いあがった。

「覚えてろよ。フランクに言ってやるからな。そうすれば、おまえはおしまいだ」

ジャックはさっと近づき、ダリルの右手を痛いほど握って耳元でささやいた。「一言でもなにか言ってみろ、プールハウスで黒髪の女とおまえがなにをしていたか、洗いざらいコートニーに話すぞ」

ダリルが黙りこんだとき、コートニーも何事かとやってきた。

「ちょっとした事故だよ、ベイビー」ジャックに助け起こしてもらいながら、ダリルが言い訳をする。

「プールで手を洗おうとしてバランスを崩したんだ」

「せっかくのスーツがだいなしじゃないの」

「なんだよ」頭にきたダリルはコートニーにどなった。「ただのスーツじゃないか」

二人の喧嘩が始まるのを見たジャックは、ろくでなしを殴るのと同じくらいの快感を覚えた。「さあ、ビビアン」彼女の腕を取る。「家に帰ろう」

「当然の報いって、どういう意味？」足早にリビングルームを抜けて玄関に向かいながら、ビビアンが小声で尋ねた。「殴られるようななにかを、ダリルが言ったの？」

「あとで話すよ、ビビアン」そうは答えたものの、どう説明しようかジャックは悩んだ。本当のことを話して彼女を傷つけたくはない。ビビアンはたしかにきれい好きだが、変な女呼ばわりは失礼だ。しかし〝ベッドの上では退屈〟とはなんの話だ？　情熱的なビビアンをそんなふうに言うとは、あいつはいったいどの星から来たのだろう？　まったくおかしな話だ。

幸い、ビビアンは車で二人きりになるまで口を開かなかった。しかし、好奇心が消えたわけではなかった。「もう待てないわ、ジャック」赤信号で車がとまったとき、彼女は切り出した。「いったいなにがあったの？　本当のことを教えて。嘘はだめよ」

ジャックはたじろいだ。「どうしても聞きたいのか、ビビアン？」

「ええ。ダリルがなぜ殴られたのか、知りたいの。私を悪く言ったせいでしょう？」

「たいしたことじゃないんだ」

「でもほめてはいなかったでしょう？　早く言って、ジャック。聞いたそのままを教えてね」

「わかった」それなら言うしかない。いい面を考えれば、これをきっかけに、前から不思議に思っていた疑問を彼女にきけるかもしれない。「病的なきれい好きで、ベッドの上では退屈だったそうだ」それでも〝変な女〟の部分は削っておいた。

「そう」ビビアンの声はこわばっている。「つまり、ダリルは本当のことを言ったのね」

「ばかを言うなよ。たしかにちょっと神経質ぎみなところはあっても、ベッドの上で退屈なんて話は……僕と君がいちばんわかっていることだが、よくもそんな嘘がつけたとあきれるよ」ジャックは、彼女が笑ってくれると思った。

だが、ビビアンは笑わない。

青信号で車を発進させると、大成功だと思っていた今夜が悪い結果になろうとしているのでは、とジャックは不安になった。

「なんとか言ってくれないか、ビビアン」黙ったままの彼女に、声をかける。「ベッドでは退屈だなどと、どうしてダリルは言ったんだ？　僕にはさっぱり意味がわからない」

21

真実しか受けつけないと、ジャックの顔には書いてある。それならしかたない。でも彼のベッドの中で私が変わる理由を、早合点しないでほしい。ジャックを愛しているとか、その気持ちは自分で気づくよりずっと前から芽生えていたと、彼には思われたくない。

だけど、花を持ってようすを見に来てくれて、いちばん必要なときにすばらしい仕事をくれた男性を好きにならずにいられるだろうか？　命を救おうとしてくれたり、抱きしめてくれたり、果てしない情熱で私を包みこんでなぐさめと喜びを与えてくれたりした人を愛さずにいられるはずがない。

それに、今夜のジャックは毅然としていたうえ、あのとどめの一撃はすごかった。ああ、どれほど胸がすっとしたことか。ダリルを殴ったあと、ジャックは〝当然の報い〟だとも言ってくれた。

ジャックは私の英雄にして、輝く鎧の騎士だ。ああ、私は彼を心から愛している。ダリルへの思いなど、幻想にすぎなかった。

でもそんなことを打ち明けたら、ジャックは逃げ出すに決まっている。彼が私を愛してくれる日なんて、永遠にこないかもしれない。それでも、この関係を自分で断ち切るようなまねはできない。だからビビアンは嘘をつかず、それでいて洗いざらい答えなくてすむ方法を考えた。

「家に帰って、これを脱ぐまで待ってくれない？」

ジャックは眉をひそめた。「はぐらかす気か、ビビアン？ ちゃんと答えてもらうぞ。僕を誘惑してごまかそうとしても、その手にはのらない」

ビビアンは目をしばたたいた。なるほど、その方法もあったとは思ったけれど、実行するのはやめておいた。「違うわ。苦しくてたまらないの。このドレス、きつくて息がつまりそうで」

時間稼ぎをされているのはわかっていた。しかしジャックはなにも言わずに車を走らせ、ビビアンの家に着くと彼女を助手席から降ろして、部屋まで連れていった。ビビアンは〝すぐ戻る〟と言うなり、寝室に消えていった。

黒いソファに座ったジャックは、今日こそは話を聞こうと待ちかまえていた。やっと現れたビビアンは、ふわふわの白いバスローブをはおり、おそろいのスリッパをはいている。彼女を雇おうとここを訪ねてきたあの日と同じ姿だが、あれからまだ二週間もたっていない。あのときのように、バスローブの下は裸なのだろうか？

ビビアンが宝石をちりばめた髪飾りをはずすと、

長い髪がなんともセクシーに肩の上にこぼれ落ちた。彼女を食べてしまいたい衝動に駆られたが、話を聞くのが先だとジャックは思い直した。

「コーヒーはいかが?」

「そうだな」立ちあがった彼は、ビビアンのあとに続いた。相変わらずキッチンはなにもかもがきちんと片づいている。この家には久しぶりに来たが……やはりこのきれい好きは度を超えている。

「食べるものがなにもないの」ケトルを火にかけて振り返ったビビアンが、少し皮肉っぽく笑った。

「誰かさんが毎晩食事に連れていってくれるから」

「君はラッキーだな。だがなにも食べなくていいから、まず話をしよう、ビビアン」

深く息を吸いこんでゆっくりと吐き出したあと、彼女はブラックコーヒーをいれたマグを二つ持って、ジャックのいるテーブルにやってきた。

「まずは、ダリルの言う〝ベッドの上では退屈な女〟の意味から教えてもらおうか。彼といるときと、僕といるときの自分は違う。そう君は言ったね?」

「まあ……そうね」ビビアンはびくりと体を震わせた。「あなたとしたようなことを、ダリルとはまったくしなかったから」

男としてはうれしい答えだったが、ジャックはまだ疑っていた。彼女はダリルに捨てられた反動で、無理に奔放な女のふりをしたのだろうか?「なぜだ? 僕の前では情熱的な女を演じようと思ったのか?」

ビビアンのショックは本物だった。「違う。演技じゃないわ、ジャック。すべてが本当にすばらしかったからよ。なぜ別人のようになれるのかは、自分でもわからないわ。でも、最初からそうだったの。あんな気分にさせてくれるのは、あなただけ。ダリルに無理な理由は知らないわ。ただ、あなたと過ごす時間は最高だし、絶対にやめたくないの」

ジャックは気をよくした。「僕たちの相性は抜群だからね。本音を話せたついでにきくが、なぜ家をこんなふうにしているんだ？　きれいすぎるのはいいとして、寂しくて、寒々としていて、まるで君らしくないじゃないか、ビビアン」

　彼女の本能が答えるのを拒否した。だけど愛する人に話せないなら、この先いったい誰に聞いてもらうというの？

　でも言葉が出てこない。偏見を持たれるのが不安なのではない。精神的にもろい母親を守ってきた彼なら、ふつうの人より理解してくれるだろう。

　ビビアンはため息をついた。「話はずいぶん昔にさかのぼるわ。まだ父がいたころに……」

「ちゃんと聞くよ」ジャックはやさしく声をかけた。

　彼女はつらそうだが、この話は聞きたい。

　しばらく彼を見つめたあと、ビビアンは続けた。

「ものを捨てられない人たちについて、よくテレビが取りあげているけれど、観たことはある？」

「一度か二度ある」あんなごみ屋敷に人が住んでいるのかと思うとぞっとした、と言おうとしたが、ジャックはやめた。

　ビビアンは息を吐いた。「そうなの。察しがついたとは思うけど、私の母がそういう人だったのよ」

　驚いたというより、ビビアンのことを思って、ジャックは悲しかった。小さな女の子がテレビで観たような不潔な環境での生活を強いられるのは、どれほど悲惨だっただろう。

「そうだったのか」彼は納得した。そういう親を持つ子は親と同じになるか、反対に病的なほどのきれい好きになる。この家の主のように。「お父さんは、それで家を出たんだね？」

「ええ、耐えられなくなったの」

「お母さんは最初からそんなふうだったのか？」

「いいえ、私が小さいころは家をとても美しくしていたわ。でも、弟が……生後一週間で亡くなると、悲しみのあまりベッドから起きられなくなったの」

「お父さんは病院に連れていったのかな？」

「母が行こうとしなかったのよ」

ジャックがうなずいた。「そこから収集癖が始まったんだね」

「ええ。赤ちゃんのためにそろえたものを捨てられなかったうえに、もっと買ったの。服や家具や玩具を、ブレンダンが生きていると思っているみたいに。オーストラリアじゅうの半分の赤ちゃんに着せられるくらい、大量の服を買っていたわ。そして毎日買い物に行くのをやめたかと思うと、ある日からは家にこもって、ネットで購入するようになったの」

「服が山積みなだけで、家は汚くなかったのか？」

「不潔よ。ものがいっぱいで床は見えないし、キッチンも流しも掃除できなかったわ。食事は毎回、デリバリーですませるしかなかったから」

「ピザとか、不健康なものばかりなのに？」

「ええ、ずっとね。高校に通うころには太り出して、私は健康的な食事をしようと母に訴えたわ。でも母に料理をする気はゼロだし、キッチンはひどい状態だった。学校から帰るたびに掃除をしていても、どうにもならなかったの。そのうち私はやっと母を説得して、二間続きの主寝室を自分の部屋にして、電子レンジとトースターと、父が書斎に残した小さな冷蔵庫を並べてキッチンを作ったわ。それから父が送ってくれるお金を分けてもらって、食材や服を買った。あのころは学校から戻ると自分の部屋にこもって、ほかの場所は見ないようにしていたの。そんな状態だから、友達が泊まりに来ることもなかったし、学校を卒業して家を出るまで親しい友人もいなければ、恋人ももちろんいなかったわ。男の人のこともよく知らなくて、二十一歳までバージンだったのよ。記録的でしょう？」

「君みたいな美人が、と思うとたしかに驚きだな。しかし君は本当に美しいよ、ビビアン。心の中も外も。しかも勇敢だ。悲しい話だが、あきらめずに生きてきた君を尊敬するよ。それでとうとう、お母さんが心臓発作で倒れたんだね。何年前だ？」

ビビアンが顔をしかめた。「心臓発作じゃないわ。つまずいて、階段から落ちて首の骨を折ったの。いつか事故が起きると言っても、母は聞かなかった。私がいなくなると家はさらにひどくなって、階段はベビー用品だけでなく、靴やバッグやランプや、ツリーの飾りやがらくたでうまってしまって。毎晩かけている電話に出ないから、心配になって行ってみたら、階段の下で母が亡くなっていたの」

「ああ、ビビアン。そのときは驚いただろう」

「それはもう」今思い出しても悲しくなる。愛された記憶はないけれど、ずっと母を愛していた。だからダリルに引き寄せられ、愛の言葉をいつも口にする彼を信じたのかもしれない。そのせいで愛しているという言葉が嘘で、初めからすべてが偽りだったと知ったときにはショックだった。

少なくとも、ジャックは嘘をつかない。そういうところは尊敬できる。顔を上げるとジャックは心配そうに見ていて、ビビアンは悲しげに笑った。

「大丈夫よ、ジャック、私は泣かないから。母が亡くなってほっとした気持ちもあるの。ずっと不幸せだったのに、よく自殺しなかったと思うわ。お葬式がすむと、私はごみの回収業者に家の中のものをすべて運び出してもらって、特殊清掃の業者に徹底的に家をきれいにしてもらったの。見るのもつらくて、私は行けなかった。そして、家をいくらでもいいから手放したくて競売に出したら、意外な高値で落札された。建物は傷んでいても、立地がよくて土地が広かったせいだと不動産会社からは聞いたわ。おかげでこのアパートメントを買って改装して、それでもダリルのような男に目をつけられるくらい裕福に暮らせた。もっとも、あの男はもっとリッチな大富豪の娘に乗り換えたけれど」

ビビアンの悔しげな声を聞き、カップを持つジャックの指に力がこもった。いつになったらあの最低な男を忘れられるんだ？　さすがに愛してはいないようだが、裏切られた心の痛みはなかなか消えない。そして人を信じられなくなるのだ。

待つんだ、ジャック。彼は自分をたしなめた。

「何度も言うが、あんなやつなどいなくなってよかったんだよ、ビビアン。若い君にとって、人生はこれからじゃないか」僕と一緒に歩んでいこう、と本当は言いたいが、今はまだ早い。「結婚や子供のこともじっくり考えればいい。でも、今は自分を甘やかさないか？　好きなことをして、与えられた時間を楽しむんだ。フランセスコ・フォリーだって、立派に完成させたいと言ったじゃないか」

悲しげなビビアンの瞳に光が差した。「ええ、そうよね」

「それでも、仕事はいつものように頼むよ。この家のようでは困る」

ビビアンが声をあげて笑った。「そうね」

「それから、すばらしい仕事をなしとげる満足感と喜びもさることながら、この僕を独り占めできることもお忘れなく。そんなに僕と寝るのが好きなら悪くはないだろう？　だが週末しか会えないとなったら、僕の激しさに君が耐えられるかどうか」

ビビアンが微笑した。「あら、私と競争するつもりなの、ボス？　慈悲を乞うのはあなたに決まっているのに」

「おいおい、一言いいかな」

「なにかしら」

「遠慮なくかかってくるといい」

22

冬は日が暮れるのが早い。フランセスコ・フォリーの二階の明かりをつけてまわり、ビビアンは自分の仕事の出来ばえをチェックした。彼女は一階の独立した住居部分で生活しながら、まず二階から改装を始めていった。その区画がいちばん簡単に見えたからだが、注文した家具が届くのに六週間かかったせいもあり、完成には二カ月かかった。でもとても満足のいく部屋ができたから、ジャックもきっと喜んでくれるに違いない。

黒と白で統一された殺風景な部屋に黒い革やガラス製の家具だけを置き、壁には偽物のピカソを飾ったと実際とは違うことを言ったのは、まだなにも見ていない彼をからかうためだ。

初披露の今日、ビビアンはジャックの到着が待ち遠しくてならなかった。まるでクリスマスの朝を待ちわびる子供のようにそわそわして、腕時計を見ながら階段を駆けおり、プールの横を通り過ぎて私道にいちばん近いバルコニーに出る。もうすぐ六時になるから、そろそろ来るだろう。ジャックはいつも三時にはシドニーを出る。金曜日は道がこんでいるので、都心を抜けて高速道路を下りるまでが大変だが、遅くなるときは必ず連絡があった。今日は電話がないから大丈夫なのだろう。

ジャックはそういう細やかな心配りができる人だ。それに毎週、豪華な真紅の薔薇(ばら)の花束をくれるやさしさもうれしい。私が彼を思う気持ちに負けないくらい、彼も私を好きでいてくれたらいいのに。そして独身主義をあきらめ、結婚して子供たちと一緒にこのフランセスコ・フォリーで暮らすのが夢だと思ってくれたらどんなにいいか。

けれど高望みをするのはよそう。ジャックは今も私への情熱を失わず、すばらしい時間を過ごさせてくれる。それでもときどき急に無口になり、遠くを見つめていることがある。土曜の午後はよく一緒にバルコニーに出てワインを飲むが、先週もなんだかぼんやりしていた。そういうときは〝なにを考えているの？〟と尋ねても、まともな答えは返ってこない。〝人生のことだ〟とぽつりと言ったのは、いったいなんだったのだろう？　もの思いにふけるなんて、ジャックらしくない行為だ。

　フランセスコ・フォリーの改装が終わったら、別れようと言われるのではと、ビビアンは恐れていた。でも先まわりして心配してもしょうがない。今の私はとても幸せだし、与えられた状況を最大限に楽しんでいる。それでも、ジャックとの残された時間をだいなしにしないように気をつけてはいるつもりだ。彼を愛しているとも決して言わないけれど、何度その言葉が口をついて出そうになったか……。彼の腕の中にいると、つい言ってしまいそうになるのだ。そういうときはあわてて舌を噛み、別の話題を持ち出すか、ただ黙ってきた。

　坂道をのぼってくる車のヘッドライトが見えると、いつものようにビビアンの胸はときめいた。ジャックが帰ってきたわ。無事に、私のもとへ。

　くるりと身をひるがえし、彼女はジャックを出迎えようと急いで中に入った。でも玄関まで走るのはやめておこう。それではあまりにもの欲しそうで、べたべたしすぎている。途中、ビビアンはカレーの鍋を見に行くことにした。味を確かめると、もちろんいい出来だ。金曜の夜は、いつもこうして彼のために食事を作っている。シドニーからの長い運転で疲れているのにまたレストランに出かけるのは大変だし、体力は別のために温存してほしいからだ。

「ただいま、ハニー」ジャックはいつものように赤い薔薇の大きな花束をかかえ、もう片方の手にはシャンパンのボトルを持っていた。

「まあ、新しい部屋の完成を祝ってくれるの？」うれしそうにビビアンが言うと、ジャックは一瞬答えに困ったようだった。だが身をかがめて、彼女の唇に軽くキスをする。「ああ、もちろん」

今の声はなに？　まるでがっかりしているみたいだけど、私がなにかまずいことを言った？　それとも気にさわるようなことをしたの？

「あなたの好きなカレーを作ったわ」シャンパンを冷蔵庫にしまって振り向くと、ジャックがパイン材のカウンターの花瓶に薔薇の花をいけていた。「毎週お花を買ってこなくてもいいのに」

「僕がそうしたいんだ」彼がほほえんだ。「さあ、早く新しい部屋を見せてくれないと、別のことを始めてしまうぞ。自慢したくてうずうずしているんだろう？　電話でも毎日その話だったじゃないか。だが僕が気に入らなければどうなるか、覚悟しておいたほうがいい」

「あら、大変」ビビアンはあわてるふりをした。本当は彼に気に入ってもらえる自信がある。

そしてジャックの満足ぶりは期待以上で、やっぱり壁紙を全部はがして白くぬったのは正解だった、とビビアンは思った。真っ白ではなくクリームのようなやさしい白は良質の木材を使った地中海風の家具との相性もよく、重厚感がありながら温かみのある雰囲気はインターネットで見たトスカーナ地方の家々に似ている。リビングルームには大きくて座り心地のよさそうなソファや椅子をところどころに置き、やわらかな色のリネンを壁に張った。クリーム色や淡い褐色、それにバターのような黄色のリネンには、オリーブグリーンをアクセントとして加えてある。暖炉は残したが、分厚い木の枠は取りはずし、代わりに明るい茶色に金色の縞(しま)模様が入ったイタリア製大理石をはめこんだ。

浴室とキッチンはもちろん白で統一して、カウンターと二つの洗面台は同じ茶色の大理石にした。水まわりの金属には本物ではないけれどゴールドを使い、上品な高級感を演出した。クリーム色のタイルの床のあちこちに敷かれている毛足の長いラグは、色鮮やかで楽しそうなうえに暖かそうで、黒貂(くろてん)の毛皮の絨毯(じゅうたん)を敷いた寝室もとてもいい雰囲気に仕上がっていた。

ジャックがいちばん喜んだのが部屋と階段の上にある空間のために選んだ絵画だったので、ビビアンはうれしくなった。有名な風景画の複製は高価ではないが、美しい海岸や優雅に海に浮かぶ帆船、それに山々の雄姿や、見事な渓谷の絵などが何枚もそろえられている。額縁は飾る場所の雰囲気に合わせ、金メッキや年代を感じさせる白など絵によって変えているせいで、けっこう値が張った。

「気に入っていただけた、ボス?」暖炉の上の、入りくんだ海岸線と優美な海を描いた絵をいつまでも眺めているジャックに、ビビアンは得意げに尋ねた。

「こんなのは耐えられない」彼が答える。

「耐えられない? どういう意味なの?」

ジャックは黙ったまま急に体をひるがえし、バルコニーに出るガラスの引き戸を開けて、夜風の冷たいバルコニーへと歩いていった。以前、腐って崩れた手すりは頑丈に作り直して、強化ガラスをはめこんである。

いったい何事かと思いながら、ビビアンはジャックのあとを追った。彼はバルコニーの手すりのそばで長い間無言でたたずんでいたが、やっとこちらを振り返り、寒くて震えているビビアンに向かい合った。屋敷の中はエアコンがきいていて暖かいが、外はかなり寒かった。

「すまない」ジャックは唐突に告げた。「できるかと思っていたのに、やはりできそうもない」

「できないって、なにが?」いやな予感がして、ビビアンの胃はむかむかした。

「待とうと思ったんだが……フランセスコ・フォリーの改装が終わるまでは」

やっぱり、今日で私と別れるつもりなのだとビビアンは思った。

いやだと叫ぼうか。もっとずっと一緒にいたいと訴えようか。

でも時間は問題ではない。私が彼を思うのと同じくらいジャックが私を好きでいてくれないなら、別れのときを引き延ばしても意味がないのだ。

「なにが言いたいの、ジャック?」ビビアンは必死に悲しみをこらえていた。「もう私を欲しくないってこと?」

彼は目を丸くして頭を後ろに傾けた。「まさか、よくもそんな正反対なことを考えつくな。僕は一瞬だって離れたくないのに。君を愛しているんだよ、ビビアン。言わないでおこうと思ったが、このままでは命が削られてしまう。もう限界だ。本当は僕を愛してくれるまで待つつもりだった。だが今夜、こんなにすばらしく変貌した屋敷を見せられたら、ここに一人で住むなんて悲しすぎてぞっとする。君と一緒に暮らしたいんだ。夫と妻として」

「夫と妻としてですって?」ビビアンは喉をつまらせた。

彼女はショックを受けているのだろう。それでも、一度口から出た言葉は戻せない。「そうだ。たしかに僕は結婚したくないし、子供も欲しくないと言った」ジャックは夢中で続けた。「しかし君に恋して変わったんだ、ビビアン。愛はすべてを変え、もっと多くを望ませる。君にはまだ早すぎて負担なのはわかるよ。だが少しくらい期待してもいいかな、いつかは僕を愛してくれるんじゃないかって？　僕のことは好きだろう？　ベッドをともにするのも大好きだと言ったじゃないか。だったら愛しているのとそんなに差はない、と思うのはいけないか？」

　ジャックは息を継いだ。

「結婚してくれたら、君を幸せにするために僕はどんなことでもする。もちろん、裏切ったりなどしない。絶対にだ。君が子供を百人欲しいというなら……いや、百人はちょっと多いから二、三人か四人か……。やっぱり、三人よりは四人がいいかな。君はどう思う？　僕のいとしい、美しいビビアン？せめて、考えてみてはくれないかな？」

　ビビアンはなにも言わず、ただじっと彼を見つめていたかと思うと、突然泣き出した。

　ああ、どうしよう。ジャックはあわてた。これは喜んでいるのか？　それとも悲しんでいるのか？

　自然に腕が伸び、彼はビビアンを抱きしめた。そしてごくさりげなく、ときどきしゃくりあげる彼女をやさしく腕に包んでいた。泣きやむのを待ちながらも、体は寒さで凍りつきそうだった。

「部屋に戻ろう」ビビアンの背中を押してリビングルームに入り、ジャックはガラスの引き戸を閉めた。

「悪かった」悲しげに告げる。「突然、こんなことを言い出して。待つつもりだったのに、僕は辛抱が苦手だから。これですべてがだいなしだ」

「違うわ」見つめるビビアンの緑色の瞳はきらきらと輝いていた。「だいなしだなんて、とんでもない」

「そうなのか？」

「ジャック、私もあなたを愛しているわ。もうずっと前からそうだったの」

「本当か？」

「ええ、私も言わないでいたの。あなたが私を好きになってくれるのを待ちたかったから。それと、もちろん結婚するわ、最高にすてきで大好きな、私のジャック」ビビアンは温かな両手で彼の冷たい頬を包んだ。

なんて不思議なのだろう、とジャックは驚いていた。幸せは大の男を泣かせるものなのか。急に目に熱いものがこみあげてきて、必死にまばたきで抑えようとするのに、涙がこぼれ落ちる。

すると今度はビビアンが、愛していると何度もささやきながらジャックをやさしく抱きしめた。二人は一緒に泣き、キスをした。そして、早く本当のことを打ち明ければよかったのにばかみたい、と言い合いながら笑った。そのあとは階下の部屋に行って幸せを祝うためにシャンパンを開け、二階の寝室に行って、太古の昔から男女がしてきたように満足するまで愛を確かめ合った。

やっとカレーを食べられたのは、その夜ずいぶん遅くなってからだった。

23

クリスマスまで三週間前の、初夏の暖かい日だった。高く澄みわたった空の下で、花嫁はすばらしく美しかった。

ビビアンはいつでもうっとりするほどきれいだ。花嫁の両手を握り、じっと緑色の瞳を見つめながら、ジャックは改めてそう思った。

半年ほど前、すべてが始まった同じバルコニーに、二人は立っていた。壮大な景色を背に司祭が立ち、新郎新婦の両脇では親族や友人が見守っている。大切な人だけを招いた結婚式にはジャックの母とジム、結婚したばかりのマリオンとイギリス人の夫のウィル、それにジャックの二人の妹とその家族だけが参列していた。ジャックの家族はみんな、すぐにビビアンを好きになった。

　プロポーズの翌日、ジャックはバゲットカットのダイヤモンドの婚約指輪を買った。大きな宝石の両脇を飾るのは、ビビアンの目と同じ色のエメラルドだ。そして、屋敷が完成してから式をあげた。

　外壁を白にし、テラコッタの屋根にふき替えたフランセスコ・フォリーは深い緑に包まれた丘の上で宝石のように輝いていた。自分の家だからといって妥協はせず、ビビアンはインテリアデザイナーの集大成とも言えるすてきな屋敷を完成させた。収集癖のあった母親のことをジャックに打ち明けたのがよかったのか、部屋に少しものがあっても彼女は気にしなくなっていた。だが、家具や装飾は控えめなくらいがちょうどいいという主義は変わらなかった。

　だから一階のキッチンや浴室は白にこだわったものの、ほかの部分はもっと色彩豊かに仕上げた。

　子供が汚してもいいように手入れが楽な革のソファや椅子を置き、赤や黒も取り入れ、カウンターも黒の御影石にした。子供の本や玩具や写真を並べるのによさそうな棚も作った。もっとも最近の子供が好きなのは、ゲームやタブレット端末なのだろうけれど。二階のリビングルームにはアンティークの美しい本棚を置き、お気に入りの犯罪小説をずらりと並べた。そしてもうシドニーには戻らないからと、市内のアパートメントをマリソンとウィルに破格の安値で譲った。

　ジャック自身はシドニーと屋敷を行き来しながら会社を整理し、地元のニューカッスルに新しい建設会社を設立するつもりでいた。ビビアンはというと、インターネット上でブティックの内装を請け負う仕事を展開していて、もうかなりの顧客を獲得している。

　〝結婚してから〟とビビアンに言われていた赤ん坊

のことも考えないとな、とジャックは思った。父親になるのが楽しみでたまらない。

そのときビビアンに手を握られて、彼は我に返った。「これで夫婦になれたのね」花嫁姿の彼女がやさしくささやいて笑う。「キスしてくれる？」

二人が唇を重ねると、みんなの拍手が起こった。

「式の間、なにを考えていたの？」顔を上げたビビアンがそっと尋ねた。

「今夜こそ、君をママにしようと思って」

「簡単にはいかないわ。何カ月も待たなくちゃ」

その夜は無理でも、年が明けると妊娠したことがわかった。男の子を授かったのだ。

それからも、二人は笑いと愛にあふれたフランセスコ・フォリーで幸せに暮らし、二人の息子と二人の娘に恵まれた。母親になってからもビビアンは時間を減らして働きつづけ、ジャックも仕事中毒を返上してできるだけ家族と過ごした。ジャックの母はジムと結婚してはいないものの、隣り合った家に住み、毎日が休暇のような日々を楽しんでいる。ジャックの妹一家もよく屋敷を訪ねてくるので、クリスマスには子供たち全員とバーベキューをしたりビーチで遊んだりして最高の休暇を過ごした。屋敷には来客が絶えることがなく、マリオンとウィル、それにナイジェルと彼の妻も喜んでやってきた。

うららかな夏の夕方、お気に入りのバルコニーに出たビビアンは、美しい景色を眺めながら冷えた白ワインを飲み、ふと天国のフランセスコを思った。自分の屋敷がこんなにも愛され、人々が幸せに暮らしているのを見て、彼も喜んでいるに違いない。それからビビアンはみじめな日々から彼女を救い、ジャックに出会わせてくれた神様に感謝した。

人生は完璧ではない。でもとてもすばらしい。

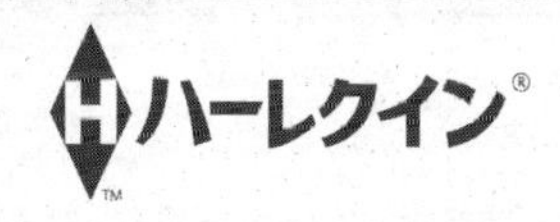

ハーレクイン・ロマンス　2014年8月刊（R-2991）

ボスの愛人候補
2025年3月5日発行

著　　者	ミランダ・リー
訳　　者	加納三由季（かのう　みゆき）
発 行 人	鈴木幸辰
発 行 所	株式会社ハーパーコリンズ・ジャパン 東京都千代田区大手町 1-5-1 電話 04-2951-2000（注文） 0570-008091（読者ｻｰﾋﾞｽ係）
印刷・製本	大日本印刷株式会社 東京都新宿区市谷加賀町 1-1-1

ISBN978-4-596-72311-6 C0297

ハーレクイン・シリーズ 3月5日刊 発売中

ハーレクイン・ロマンス

愛の激しさを知る

二人の富豪と結婚した無垢 〈独身富豪の独占愛Ⅰ〉	ケイトリン・クルーズ／児玉みずうみ 訳	R-3949
大富豪は華麗なる花嫁泥棒 《純潔のシンデレラ》	ロレイン・ホール／雪美月志音 訳	R-3950
ボスの愛人候補 《伝説の名作選》	ミランダ・リー／加納三由季 訳	R-3951
何も知らない愛人 《伝説の名作選》	キャシー・ウィリアムズ／仁嶋いずる 訳	R-3952

ハーレクイン・イマージュ

ピュアな思いに満たされる

捨てられた娘の愛の望み	エイミー・ラッタン／堺谷ますみ 訳	I-2841
ハートブレイカー 《至福の名作選》	シャーロット・ラム／長沢由美 訳	I-2842

ハーレクイン・マスターピース

世界に愛された作家たち
〜永久不滅の銘作コレクション〜

紳士で悪魔な大富豪 《キャロル・モーティマー・コレクション》	キャロル・モーティマー／三木たか子 訳	MP-113

ハーレクイン・ヒストリカル・スペシャル

華やかなりし時代へ誘う

子爵と出自を知らぬ花嫁	キャサリン・ティンリー／さとう史緒 訳	PHS-346
伯爵との一夜	ルイーズ・アレン／古沢絵里 訳	PHS-347

ハーレクイン・プレゼンツ作家シリーズ別冊

魅惑のテーマが光る
極上セレクション

鏡の家 《ハーレクイン・ロマンス・タイムマシン》	イヴォンヌ・ウィタル／宮崎　彩 訳	PB-404

※予告なく発売日・刊行タイトルが変更になる場合がございます。ご了承ください。

“ハーレクイン”の話題の文庫
毎月4点刊行、お手ごろ文庫！

2月刊
好評発売中！

『とぎれた言葉』
ダイアナ・パーマー

モデルをしているアビーは心の傷を癒すため、故郷モンタナに帰ってきていた。そこにはかつて彼女の幼い誘惑をはねつけた、14歳年上の初恋の人ケイドが暮らしていた。

(新書 初版：D-122)

『復讐は恋の始まり』
リン・グレアム

恋人を死なせたという濡れ衣を着せられ、失意の底にいたリジー。魅力的なギリシア人実業家セバステンに誘われるまま純潔を捧げるが、彼は恋人の兄で…!?

(新書 初版：R-1890)

『花嫁の孤独』
スーザン・フォックス

イーディは5年間片想いしているプレイボーイの雇い主ホイットに突然プロポーズされた。舞いあがりかけるが、彼は跡継ぎが欲しいだけと知り、絶望の淵に落とされる。

(新書 初版：I-1808)

『ある出会い』
ヘレン・ビアンチン

事故を起こした妹を盾に、ステイシーは脅されて、2年間、大富豪レイアンドロスの妻になることになった。望まない結婚のはずなのに彼に身も心も魅了されてしまう。

(新書 初版：I-37)

※ハーレクインSP文庫は文庫コーナーでお求めください。